멍멍이와 함께하는 유쾌한 비혼 라이프

미라클 멍멍

멍멍이와 함께하는 유쾌한 비혼 라이프

미라클 멍멍

지은이·이미소
꾸민이·성상건
편집디자인·자연DPS

펴낸날·2024년 6월 20일
펴낸곳·도서출판 나눔사
주소·(우) 10270 경기도 고양시 덕양구 푸른마을로 15
　　　301동 1505호
전화·02)359-3429　팩스 02)355-3429
등록번호·2-489호(1988년 2월 16일)
이메일·nanumsa@hanmail.net

ⓒ 이미소, 2024

ISBN 978-89-7027-900-8 03810

값 15,000원

멍멍이와 함께하는 유쾌한 비혼라이프

이미소 지음

고달픈 삶을 여는 열쇠가 되기를

세상에는 여러 가지 형태의 삶이 있다. 어쩌면 사람의 얼굴 수만큼 서로 다른 삶의 형태가 있다고 보아야 할 것이다. 이제 우리의 세상은 똑같은 것, 서로 닮은 꼴보다는 서로 다른 것을 인정하고 존중하는 세상이 되었다.

이미소 씨는 언젠가 내가 강연장에서 만난 매우 특별한 사람 가운데 한 사람이다. 그녀는 다른 사람들과 같은 생각과 행동으로 사는 사람이 아니라 오직 자기만의 특별한 생각과 행동으로 사는 사람이었다. 그런데도 그녀의 말과 행동이 눈에 거슬리지 않았다.

왜인가? 그녀의 생각과 말과 행동에 진심이 있었고 열정이 있었고 따스함이 있었기 때문이다. 몇 차례 만난 바에 의하면 그녀는 매우 사랑

이 많은 사람이었다. 세상 모든 것들을 사랑의 눈으로, 따스하고 부드
럽게 지켜보며 살아가는 사람이었다.

이번에 그녀가 세상에 내놓는 이 책에 대해서 내가 그 내용을 모두 다
안다고는 볼 수 없다. 또 내 생각이나 입장과 같다고도 볼 수 없다. 하
지만 나는 그녀의 생각이나 뜻을 존중하고 충분히 인정한다. 적어도
그녀의 문장에는 새로움이 있고 진정성이 있기 때문이다.
어쩌면 이 책은 나같이 늙은 사람에게보다는 젊은 사람들에게 무한
한 삶의 영감을 주고 문제 해결력을 주리라고 본다. 팡팡 튀는 고무공
같은 그녀의 생각과 발언이 동년배를 넘어서 더 어리고 젊은 사람들에
게 고달픈 사람을 여는 열쇠가 되기를 소망한다.

시인 나태주

목차

당신과 나의 이야기 : 프롤로그

절대로 이 책을 읽으면 안 되는 사람들

다짜고짜 미안해요. 하지만 저는 이 책을 아주 특별한 사람들만을 위해 썼습니다. 피차 시간 낭비하지 않도록, 당신이 그 특별한 사람이 맞는지, 지금 바로 걸러 드릴게요.

아래 목록을 읽다가, '어? 이거 내 얘긴데?'하는 생각이 들었다면, 제발 이 책을 그냥 덮어주세요. 당신은 이 책을 절대 읽지 말아야 하는 사람입니다. 부디, 절대, 더는 읽지 마세요. 여기에는 당신을 성질나게 할 이야기들이 가득 차 있거든요.

하나, 개는 자고로 마당에서 묶어놓고 키워야 한다.
요즘 개를 사람 애기마냥 끼고도는 사람들이 자꾸 늘어나서 나라의 미래가 걱정이다. 뽀뽀하고, 안고 자고, 집안에서 같이 살고, 아주 그냥 뭐 하는 짓인지 모르겠다. 개를 유모차에 태우고 다니는 사람들을 보면, 결혼해서 진짜 애를 낳아야지 소꿉놀이나 하고 앉았냐고 호통을 치고 싶지만, 꾹 참는다. 어른 팔뚝만 한 개를 입마개도 없이 데리고 다니는 치들을 보면, 정의감에 화가 날 때도 있다. 건방지게 사람한테 막 짖는 놈들을 보면, 북어 패듯 패서라도 가르쳐야하는데 못 그러니 짜증이 난다.

평소에 이런 생각을 하신 적이 있나요? 그럼 안녕히 가세요. 우리는 맞지 않아요. 우리 집에는 멍멍이 유모차가 있고요, 누가 멍멍이 냐옹이를 북어처럼 두드리면 저는 당장 동영상을 찍어서 경찰에 신고할 거고요, 우리 집 공주님인 달곰이는 100% 시골 마당개처럼 생겼지만 저랑 같은 침대에서 자고요, 막 그렇거든요? 보세요. 우리는 맞지 않아요. 그냥 서로 따로 행복합시다. 굳 바이.

둘, 배부른 소리 찍찍 해대는 사람들이 요즘 너무 많다.
미혼? 비혼? 웃기고들 앉았다. 빨리 결혼해서 애를 낳아야 나라가 발전하는데! 이런 선견지명을 밝히면 꼰대라고 무시나 한다. 어디 그뿐인가? 남자 알기를 우습게 아는 이상한 여자들이 너무 많아졌다. 예전에는 이 정도까지는 아니었는데, 이러다 나라가 망할까 걱정이다. 이 나라가 어떤 나란데!

나는 강인한 사람이다. 사랑 노래가 전부 내 이야기라고 생각될 정도로 누군가에게 푹 빠져 본 적이 없다. 이성한테 그렇게 목매는 건, 할 일 없는 바보나 하는 짓이다. 어디 그뿐인가! 봄꽃이나 눈꽃을 보고 감동해 본 적도 일평생 전혀 없다. 인생 영화? 인생 책? 그런 게 다 무어냐? 배부른 소리다. 드라마 보다가 찍찍 울어대는 사람들 보면 내가 다 창피하다. 꼴랑 연애하고 헤어져서는 죽네 사네 약한 소리? 으휴…. 그런 사람들 보면, 정말 혈압이 오른다.

나는 현실감각 투철하고 정의로운 이 사회의 구성원이다. 밥보다 비싼 커피를 들고 다니는 짓거리? 한심하다. 불멍 물멍 뭐시기? 하늘이나 바다나 나무 같은 거 멍하니 보고 있는 한량질? 나 때는 그런 거 없었다. 혼자 여행이나 다니며 외화 낭비하기? 배가 불렀지 .

어때요? 이번엔 좀 당신의 고견을 닮았나요? 그렇다면 여기서 제발 안 녕입니다. 저는 당신의 혈압을 올리는 '요즘 것들'의 집합체랍니다. 당 신이 사회에 공헌하고, 여기까지 우리나라를 이끌어 오고, 다 알겠고 요, 감사하고요, 진심으로 존경하고요, 그러니까 제발 덮어주세요. 우 리 만남은, 다음 생을 기약합시다.

셋, 돈은 만악의 근원이다. 그냥 그런 거다.
착한 사람은 필연적으로 가난할 수밖에 없다. 그렇게 생겨먹은 이노무 세상을 자주 원망한다. 더러워야 부자가 된다. 뉴스를 봐라. 맨 더러운 부자 놈들 이야기뿐이다. 사람 사는 게 힘든 건, 돈 때문이다. 나는 선량한 사람이라, 크게 욕심이 없다. 인간이 독하고, 돈 욕심 있고, 막 야망 있고 그러면, 분명 나쁜 놈일 거다. 인생 그렇게 살면 안 된다.

인생을 살면서 필요한 공부는 학교에서 다 했다. 본디 책은 읽는 게 아니고 라면 냄비 받침으로 쓰라고 있는 거다. 어차피 다 똑같은 자기계발서 이것저것 돌려가며 읽는 애들 보면 이해가 안 된다. 누가 나한테 일 년에 책 한 권도 안 읽는다고 잔소리를 하면, 바빠서 어쩔 수 없다고 반박한다. 다 큰 성인에게 책을 읽으라니? 잘난 척이 심하다. 재수 없는 놈! 인생 그렇게 살면 안 된다.

주변에 나처럼 상식 있는 사람, 또 없다. 나처럼 꼰대 아닌 사람도, 다시 없다. 정말이다. 다들 어떻게 그렇게 개념이 없는지 모르겠다. 지가 잘못했다는 걸 정말 모르는 건가? 세상에 나 같은 사람만 있다면, 법 없이도 잘 굴러갈 거다.

나는 파이어를 꿈꿔본 적이 없다. 일자리가 없어서 난리인 요즘 세상에, 젖은 낙엽처럼 회사에 붙어있을 궁리를 해야지, 파이어라니? 배가 부르다 못해 아주 빵 터진 소리다. 나는 회사 화장실에서 울어본 적도, 상사를 문서 갈갈이에 갈아버리고 싶다고 생각한 적도, 일절 없다. 쌍욕을 몇 바가지 퍼부어 주고 싶은 상대에게, 솜사탕처럼 다정하게 웃어줘야만 했던 상황을, 나는 살면서 겪어본 적이 없다. 똑바로 살면 그런 일이 생기지 않는다. 다들 똑바로 살아라.

...... 라고 생각하는 분? 죄송합니다. 부디 패스해 주세요. 저는 당신이 생각하는 '똑바로'와는 억만광년 이상 떨어져 있습니다. 당신이 그렇게 살면 안 된다고 생각하는 딱 그 모습 그대로 살고 있달까요. 제발 이 책이 당신의 1년에 단 1권뿐인 독서량을 전부 채우게 하지 마세요. 우리 서로 갈 길 갑시다. 여기서 제 책을 덮어주세요. 저는 당신에게 읽히고 싶지 않습니다.

어머! 아직 거기 계세요?

그렇다면 당신이야말로 그 특별한 사람입니다. 삶의 결이 같은 사람들이 있습니다. 함께 있으면 자연히 마음이 가는 그런 사람들이요. 저는 지금 이 글자를 읽고 있는 당신을 찾기 위해 이 책을 썼습니다. 어쩌면 우리는 동족일 수도 있겠습니다. 대충 어디든 섞여 드는 회색분자로 가장할 수도 있는 사람. 하지만 알맹이에는 오색찬란한 빛깔을 간직한 그런 사람. 이 책은, 그런 당신 한 사람에게 닿기 위해, 당신을 닮은 여기 이 한 사람이, 반년을 오롯이 바쳐 써낸 러브레터입니다.

요즘 흔한 프렌차이즈 카페에 가서, 커피 한잔에 케이크 한 조각을 주문하면 2만 원이 우습게 넘습니다. 그걸 생각하면 아주 싼 값에 이 책을 가질 수 있지요. 그리고 이 책의 열아홉 개 챕터 각각에는 그보다 열 배는 더 값비싼 정성담뿍 다과가 준비되어 있답니다. 챕터 하나하나마다, 특별한 당신을 위해, 에프터눈 티세트를 준비시켜 놨거든요. 향이 진한 홍차와 지금 막 구워낸 스콘, 차가운 오이 샌드위치와 제철 과일로 맛을 낸 핑거케이크를, 실버 트레이에 예쁘게 모양내서 담아왔어요. 마음과 이야기로 지은 '달곰이의 성'에, 당신을 초대합니다. 카페 1번 가는 대신, 티세트가 차려진 이 성에 와서, 우리랑 놀아요. 카페 사장님은 당신이 얼마나 특별한지 모르지만, 우리는 알잖아요.

지인과 약속을 만들고, 만나서 커피 한잔에 마들렌 하나를 나누면, 가끔 마음이 따뜻해지는 순간을 맛볼 수도 있지요. 그래서 우리는 바쁜 시간을 쪼개서 사람들과 약속을 만듭니다. 하지만 귀찮을 때도 많을 거예요. 씻고, 옷 입고, 챙기고, 나가서, 사람을 만나고, 사람에 치이고, 다시 집으로 돌아오는 길.... 좀 피곤하지요.

그 피로감 없이, 마음만 따뜻해지고 싶을 때, 부디 기억해 주세요. 실버 트레이에 에프터눈 티세트를 차려놓고 당신을 기다리는 '달곰이의 성'을요. 마음부터 반짝거리는 당신을 찾아내 대접하기 위해, 달곰이랑 달곰이 언니가 반년 동안 공들여 차려낸 이 손님상, 이 한 권의 책을요. 이 티세트를, 맛을 느낄 능력이 있는 사람에게만 대접하고 싶었어요. 여기 남은 당신은, 그 맛잘알 능력자가 맞아요. 특별한 당신은, 이 책으로, 책값의 열 배 이상 행복할 겁니다. 건방을 떠는 게 아닙니다. 당연한 걸 두괄식으로 말하고 있을 뿐이에요. 초장에 딴 나라 사람들을 3번이나 걸러낸 이유도 이거지요. 저는 제가 만족시키지 못할 (또 그러고 싶지도 않은) 사람들을 착실하게 걸러냈어요. 그 솔직한 관문을 통과한 당신은 여기서 열아홉 개의 실버 트레이를 만끽하며 책값의 수십 배로 대접받을 테니까요.

살갑고 행복한 수다와는 별개로, 여기 달곰이 성에서 동반 제공하는 현실 꿀팁이나 서비스도 몇 개 있습니다. 읽기 전에 미리 알아두면 당신께 도움이 될 듯도 하니, 그냥 털어놓겠습니다.

*1인가구에서 멍멍이를 키우면 생기는 일 스포일러

*스물 몸매랑 마흔 몸매가 다를 필요가 없는 이유
*인생에서 나만 편파적 이익을 누리는 법
*혼자 사는 여자가 1주택자 혹은 그 이상이 되는 법
*진도믹스, 시골똥개, 유기견을 입양하면 생기는 일 현실상담
*3040 여자가 근육에 목숨 걸어야 하는 이유
*마음을 할퀴는 전쟁터에서 혼자 살아남는 비밀병기
*초짜 공무원이 똘똘하게 자신을 챙기는 비법
*나이를 배불리 먹고도 근손실 피하는 방법
*한때 놀아본 역사를 가지고도 견실한 사회인인 척 살아가는 법
*국제적 한달살이 취향자를 위한 막간 여행가이드

어때요? 약 파는 거 같나요? 그런데 당신, 지금 미소 짓고 있지는 않은
가요? 제가 그랬잖아요. 우리는 결이 같다고. 당신을 찾기 위해, 반년
을 써서 이 편지를 쓴 거라고. 축하합니다. 특별한 당신은 지금 '얄미
운 걔가 평생 모르게 하고 싶은 책'을 손에 들고 있는 거예요. 건방진가
요? 괜찮아요. 진실은 가끔 건방지답니다.

친구를 찾습니다. 근데 귀찮은 건 못 참으니 자주 연락할 수는 없어요.
건방은 그만 떨고 자기소개 좀 할게요. 저는 반려견 '달곰이'와 함께
사는 '달곰언니'입니다. 거참 초면에 이 책을 집어 들어 주셔서 고맙습
니다. 이 책은 달곰이네 일상을 담은 에세이예요. 가식 금지, 훈계질
혐오, 순수한 알맹이를 까보이기 위한 글만 모았습니다. 왜냐하면, 그

래야 저와 결이 딱 어울리는 특별한 사람들을 찾을 수 있을 테니까요.

저는 무럭무럭 늙어서 언젠가는 독거 할머니가 될 것같고요(아 물론 플랜B 입니다), 살아있다는 게 참 좋아서 최대한 오래오래 150살까지는 살 계획인데요(이건 플랜A 맞아요), 즐거운 장수 노인 생활을 대비하려고 이 책을 쓰게 되었습니다. 다종다양한 예비 친구들을 많이 만들어 두려고요. 그래야 이왕 하는 장수(높은 확률로 아마 당신도 하게 될...), 더 재밌게 누릴 수 있을 것 같아서요.

아래는 언젠가 책을 내면 작가 소개로 쓰겠답시고 옛날에 써둔 건데, 드디어 이렇게 써먹어 봅니다. 감격스럽습니다.

"멍멍이가 도로롱도로롱 코를 곤다. 사람은 사부작사부작 글을 쓴다. 그러다 이 책이 생겨났다. 인생에서 가장 중요한 행위는 멍멍이 산책이라고 믿는 단출한 85년생 여자 사람이다. 본인 명의의 4층 옥탑방에서 멍멍이와 힘께 살고 있다. 지기 멍멍이가 세계 최고고고 확신하는 세상 숱한 독신 반려인 중 한 명이다.

30대 중반까지 알바와 여행을 반복하다가 느지막이 7급 공무원에 합격한 것이 인생 최대의 성취! 뉴욕, 수크레, 멜번, 자카르타를 오가며 국제거지로 살던 소싯적을 그리워한다. 언젠가는 세계 최고의 멍멍이와 국제거지 생활을 다시 시작하기 위해 오늘도 열심히 살고 있다."

제 소개는 이 정도로 마무리하겠습니다. 요약하자면 '멍멍이를 동생으로 모시고 사는 85년생 여자 인간 공무원'정도입니다. 지루하다면 지루하고, 평범하다면 평범한, 그런 1인입니다.

저는 술이 약해요. 조금이라도 마시면 관우처럼 온몸이 빨개지고, 곧잘 토해버리곤 하죠. 몇 달 전, 겨울이었어요. 창밖으로 눈 오는 정취를 즐기며 뱅쇼를 마셨지요. 이건 술이 아니라 그냥 밀크티 마시듯이 처처묵 마시고 있었거든요? 그런데 마시다 보니 볼이 막 달아오르더라구요. 만들 때 덜 끓였는지, 뱅쇼에 알코올이 좀 남아있었나 봐요.

취기가 오르면 평소에 안 하던 짓이 하고 싶어지는데요. 눈 때문인지 달 때문인지, 그때는 막 시가 쓰고 싶어지더라구요? 저는 개인적으로 말장난의 최고급 형태가 시라고 생각해요. 불경하다면 죄송합니다. 용서하세요, 인류의 위대한 시인님들! 여하간, 그때는 고급진 장난질을 벌이고 싶었던 것 같아요. 다음날 보니 '이게 뭐여?' 싶지만 또 달곰이에 대한 제 애정이 절절히 녹아있는 글 조각이 뱅쇼 컵 옆에 있더군요. 그때 끼적거린 시(?) 한 편으로 달곰이 소개를 대신할까합니다.

달곰이

우리개는 초코둥이
진도믹스 달콤둥이
소녀갬성 우리공주
반달고미 달곰이

광교 동물보호센터 출신
반질 간지 털결은
비싼 출신지 덕분(?)
2019년 5월 5일 태어나
.....신 걸로 하기로 쌍방 합의
2살 때(추정) 언니랑 인연이 닿아
3년째 매일같이 행볶기 시작

15킬로 쫄봉봉 소녀견
밥투정 심해서 몸매관리 노워리
황태랑 간식만 숑숑골라 영양보충
공노비 언니월급
공주님 다과상에 다털린다

하!지!만!!
유기맞은 과거지사? 후케어
우중충한 깜딩코트? 와데버
달곰이랑 언니랑 행볶는건
아무도 막지못해!
왜냐하면, 우리는, 투루라브니까!!

아아 참으로 창피합니다. 그래도 처음부터 맨얼굴로 시작하려고요. 제 마음의 맨얼굴에 공감이 된다면, 그건 당신과 저의 결이 비슷하기 때문이겠지요. 다 고만고만 비슷해 보이는 인생사, 근데 또 조금만 들여다보면 사람마다 그 결이 어찌나 다른지 놀랄 때가 많아요. 그토록 모두 달라서 어울려 사는 게 재밌는 거겠지요. 그래도 저는 흐름이 닮은 인생들과 닿고 싶어요. 어이! 라고 말하면 하이! 라고 알아듣는 다른 인생들은, 제가 지금 서 있는 이 자리에도 이미 많으니까요.

선빵으로 친한 척하려고 우선 제 이야기를 먼저 풀어놓겠습니다. 수시로 산책 나가자고 조르는 털동생도 마침 지금은 제 발치에 엿가락마냥 늘어져 쉬고 있네요. 이제 우리도 잠깐 같이 수다나 떨면서 좀 쉬어가 볼까요?

평범한 일상 속 휘핑크림

나의 멍동생

1. 털 많은 내 동생 달곰이 ① : 첫눈에 반하기

이기적인 입양자

2019년 5월, 멍멍이랑 같이 살기로 결정했다. 그 당시 나는 사귀던 상대에게 처참하게 차였었는데, 그게 계기가 됐다. 맞는다. 멍멍이를 심리적 회복제로 쓰겠다는 심산이었다. 이기적인 결정이었다. 그래도 상관없었다. 나한테는 나 힘든 게 제일 중요했고, 멍멍이는 내게 딱 맞는 해결책이었으니까.

어릴 때부터 나는 개파였다. 늘 개랑 같이 살고 싶었다. 실연은 그저 계기가 된 것 뿐이다. 언제나 함께하고 싶었던 반려견을 이번에 용기 내서 모셔 오는 거다. 가벼운 변덕이나 충동적인 결정이 아니다... 뭐 이런 자기합리화도 없지는 않았다.

다분히 감정적이고 충동적이었다. 결정까지 한 5초 걸렸나. '아 젠장. 샹놈시키. 왜 떠나고 지랄이야. 아 힘들다. 멍멍이나 입양해야지. 그래. 그러자. 당장 입양하러 가자.' 이 정도 사고 패턴이었다.

사람은 아프고 힘들수록 자기만 본다. 다른 걸 볼 여력이 없어지는 거다. 힘들면 힘들수록 주변 소중한 것들을 망가뜨리고, 더 나아가 자기 세상의 중심인 자기 자신까지 망가뜨리기도 한다. 아픈 사람이 그 과정에서 저지르는 모든 행동과, 내리는 모든 결정은 상당히 파괴적일 수 있다. 자기 자신에게든 주변 타인에게든. 나는 이 과정에서 멍멍이를 입양하기로 결정한 거다. 큰 사람이라면 그런 스스로를 제어할 수도 있으리라. 하지만 나는 작았다. 아주 작았다. 그렇게 달곰이가 내 삶에 들어오게 된다.

입양을 결정하자마자 유기견 입양 절차를 검색했다. 내일 당장 데려와야 하니 가까워야 했다. 우리 집에서 가장 가까운 곳이 광교에 있는 수원시동물보호센터였고, 거기서 보호 중인 친구들 중에 마음에 드는 녀석들을 리스트업 해나갔다.

길에서 구조된 멍멍이들에 대해서는 열흘간 주인을 찾는 공고가 나간다. 그 열흘이 끝나도록 주인이 찾으러 오지 않으면, 멍멍이들은 모두 시장님 소유가 된다. 이런 애들은 원하면 당일 바로 입양이 가능했다. 그래서 나는 시장님네 멍뭉이들의 외모와 성격을 하나하나 비교해 나갔다.

입양할 멍멍이와는 오래오래 헤어짐을 겪고 싶지 않았다. 건강하고 젊은, 아니, 어린 친구여야 했다. 그렇게 3살 넘은 청년 멍멍이들은 걸러졌다. 나는 야근이 잦은 직장에 다니는 1인 가구니까, 내 멍멍이는 혼자서 긴 시간을 견뎌야 한다. 어떤 멍멍이가 그 시간을 즐기겠냐만은 1년 미만의 아가들은 더더욱 힘들어할 테니, 걔들도 다 걸러냈다.

고르고 앉아있다보니, 보호소에서 먼저 입양되는 우선순위가 눈에 들어왔다. 작고 하얀 품종견 중에 어린 멍멍이들은 공고기간이 끝나기가 무섭게 새로운 가정에 모셔지는 듯했다. 반면, 크고 어두운 빛깔의 잡종 친구들은 오래오래 몇 달이고 보호소에 머물고 있었다. 그렇게 외면당하는 친구들에게 더 마음이 갔다. 아마도 그 당시 너덜해진 내 자아가 투영되지 않았나 싶다. 결국 하나같이 크고 까만 못생긴(?) 믹스견들만 내 리스트에 오르게 됐다.

안 예쁜 멍멍이는 없다

지금이야 멍멍이 중에 안 예쁜 멍멍이가 없다는 진리를 깨달았지만, 당시의 나는 예쁘고 안 예쁜 멍멍이를 가리는 바보짓을 할 수 있었다. 세상의 멍멍이들에게 심심한 사과의 말씀을 올리는 바이다.

최종적으로 걸러진 친구들은 일곱 마리 정도 됐다. 녀석들의 신상명세를 출력해 두고, 다음날 회사에 휴가도 냈다. 입양한 반려견을 집으로 모실 팻택시도 예약하고, 센터의 입양절차도 알아두었다. 요즘은 어떻게 바뀌었는지 모르겠지만, 당시에는 신분증만 가지고 가서 이런 저런 서류를 쓰면 시장님네 멍멍이를 당장 모셔올 수 있었다.

다음날 10시, 문을 열자마자 보호센터에 들어섰다. 엄청난 소독약 냄새와 대형 오케스트라 못지않은 개들의 합창 소리가 나를 반겼다. 일곱 마리의 후보견들에 대해 보호소 직원분과 이야기를 시작했다. 보호 중인 견사에 들어가 일곱 마리를 다 만나보고 한 친구를 선택하려던 계획은 당장 어그러졌다. 견사 출입은 직원만 가능했기 때문이다.

보호 중인 멍멍이들은 며칠 전 버려져서 졸지에 좁은 우리에 갇혀있는 상태다. 그런 애들 앞을 모르는 인간들이 알짱거리면 녀석들의 불안은 한층 더 커질 테다. 그래서 센터에서는 입양 희망자가 나타나면 개별 상담을 통해 합당한 입양처인지 확인하고, 희망자가 원하는 후보견을 상담실로 데리고 와서 일대일 만남을 주선해 준다. 당시에는 신속하게 일곱 마리랑 다 만날 수가 없으니 답답했지만, 장난감이 아닌 친구를 입양하는 절차로서 훨씬 맞는 방법이 아닐 수 없다.

"이 아이는 정말 순하고 착해요. 그렇지만 사람을 좋아해서.... 만나면 흥분해요. 많이 활발하구요. 입양 상담 중에 마킹도 한 적이 있어요. 사람을 너무 좋아해서......"

마킹 전과? 높은 에너지 레벨? 안 되겠다. 1번 후보님, 진도믹스의 사진을 옆으로 치운다. 웃는 게 너무 예뻐서, 사진을 자꾸 보게 되지만, 그래도 안 된다. 내 깜냥에 감당 못 한다. 마킹 교육과 에너지 해소를 위한 롱 산책? 능력 밖이다.

"이 아이는 어제 입양 갔는데, 게시판에서 아직 못 내렸네요. 저희가 너무 바빠서......"

2번 후보님, 갈색 소녀 발발이의 사진도 옆으로 치운다. 빨리 입양을 갔다니 참 다행한 일이다. 역시 어린 건 좋은 거지.

"아, 이 친구는 지금 심장사상충 치료 중이에요. 입양이 가능하기는 한데…. 치료 과정이 정말 힘듭니다. 비싸기도 하고요. 보호소에서 치료를 마치고 온전히 다 나은 상태로 새 가족에게 가는 게, 아이에게 도 입양자님에게도 더 나아요."

3번 후보님 사진까지 옆으로 치운다. 너무나도 아쉽다. 여차하면 내가 안고 뛰어야 하는데, 26킬로 검은 리트리버를 병원까지 안아 옮길 자 신이 없다. 내 체력으로는 끽해야 17킬로가 한계니까. 순하디 순한 그 얼굴이 자꾸 눈에 밟혀서 손이 떨린다. 내가 힘이 더 세고, 엘리베이터 있는 아파트에 살고, 차가 있었다면 모셔왔을 텐데. 아오 진짜! 힘도 돈 도 차도 없는 나 자신, 아오!

건강하고, 당장 모셔갈 수 있고, 안 짖고, 배변 잘 가리고, 젊고, 멍멍 이일 것. 내가 찾는 반려견의 조건이 이토록 까다로운지라, 후보님들 은 추풍낙엽처럼 줄줄이 떨어져 나갔다. 결국 꼴등까지 순서가 밀리 고야 만다.

사진으로 본 첫인상 '이렇게까지 막 생길 일인가?'
마지막 후보님은 7마리 중에서 가장 못생긴 친구였다. 멍멍이 주인인

시장님은 프리젠테이션에 관심이 별로 없으셔서, 게시판에는 주로 엄청나게 현실적인 사진만 올라와 있다. 7번 후보의 사진은 특히 더 그랬다. 게시판에 올라와 있는 사진은 구조 당시의 모습 딱 1장.

검은 얼굴에, 검은 눈, 검은 코. 사진 속 녀석은 박쥐처럼 실루엣만 있었다. 눈코입 구분이 안 된다. 죽상인지 웃상인지 보이지를 않으니, 첫인상이랄 것이 없었다. 무엇보다도 앙상하게 삐쩍 말라서는 몹시 혼란스러운 털빛을 띄고 있었다. 검고 어두운 바탕에 카오스적으로 황색과 흰색 털들이 제멋대로 섞여 있는, 하이에나를 연상시키는 지저분한 외양이었다. 이런 털옷을 '호구'라고 부른다는 것을 나중에야 알았다.

정말이지 탐탁지 않은 생김새였다. 미간이 찌푸려졌다. 연을 맺으면 십 년 넘게 매일 봐야 할 얼굴이다. 내 눈에 예뻐 보이지 않으면 곤란한 것이다. 하지만 생긴 거 말고는 다른 조건들을 모두 만족시키는지라 한 번 만나는 보기로 마음을 돌렸다.

다른 후보들에 대해 물으면 '조금 짓어요', '안 짓지는 않아요' 정도로 답하던 직원이, 이 못난이에 있어서는 '조용한 편이에요' 했다는 것도 큰 이유였다.

"아예 안 짓는 조용한 아이는 없나요?"

"……. 짖지 않는 개는 없어요…"
직원이 우울한 목소리로 답했다.

지금 와서 생각하면 창피한 질문이었다. 차라리 똥 안 싸는 개는 없냐고 물어볼 걸 그랬다. 두 질문이 다를 것이 없으니까. 개는…… 먹고, 싸고, 짖고, 침 흘리고, 웃고, 사고 치고, 무지막지하게 사랑스럽다. 그게 개라는 족속이다. 똥멍충이였던 당시의 나는 그걸 몰랐다.

기준을 모두 만족시키는 멍멍이가 왜 저렇게 못생겨야 하지? 세상 참 왜 이러나? 상담실에서 못난이를 기다리며 생각했다. 똥똥멍충이였던 당시의 나는, 사랑하면 미추의 기준 따위 깔끔하게 바뀐다는 것도 몰랐고, 애초에 개라는 훌륭한 생명체에게는 미추의 판단을 내리는 게 불가능하다는 것도 전혀 몰랐다. 후보군 중 가장 조용하다는 그 못난이를 만나기 위해 기다리며, 내 울상은 펴질 줄 몰랐다. 오 분 남짓 기다렸나, 건장한 남자 직원이 까만 무언가를 안고 왔다.

"왜 들고 왔어요? 아이가 어디 아파요?"
인내심 천재 상담직원이 남자 직원에게 물었다.

"바닥에 엎드려서 아예 걷지를 않아서요."
남자가 그 까만 것을 내려놓으며 말했다.

"고생했어요. 아이구, 아이가 겁이 많아서 큰일이네요."

상담직원이 까만 것을 안쓰럽게 바라봤다.

"애가 맞아요. 이 애가 우리 애 맞아요."
내려놓자마자 그 까만 것은 바닥에 딱 붙어서 퍼질러졌고, 복지부동이라는 사자성어를 개의 몸으로 격렬하게 실현해 보였다. 털빛은 딱 사진대로 어지러웠고, 눈코입은 가까이에서 실물로 보니 그제야 좀 구분이 됐다.

까만 것은 아무 감정도 담고 있지 않은 눈을 하고 있었다. 모든 좋은 것을 포기한 눈, 생에 대한 그 어떤 기대도 단 하나 남아있지 않은 눈, 모든 것을 다 잃고 잃고 또 잃어서 놓아버릴 수 있는 모든 것을 전부 놓아버린 눈, 슬픔도 두려움도 공포도 아예 아무것도 남아 있지 않은 그런 공허한 눈이었다.

그 눈과 마주치자, 나 똥멍충이의 눈에서 눈물이 났다. 눈에 눈물을 그득그득 담고서는, 똥멍충이가 고개를 끄덕거렸다.

"애가 맞아요. 이 애가 우리 애 맞아요."
똥멍충이가 말했다. 마치 새 가족을 입양하러 온 게 아니고, 잃어버린 헌 가족을 찾으러 온 것 마냥.

정적이 흘렀다. 뭐라고 표현하기 애매한... 공감과 이해의 온화한 기류가 방 안에 고였다.

입양하러 와서는 쇼핑하듯 여러 마리의 멍멍이를 보고 또 보는 사람들을, 센터 직원들은 많이 보았을 것이다. 또 미래의 자기 개를 보자마자 바로 알아차리는, '첫눈에 반한다'는 말을 드디어 이해하게 된 똥멍충이들도 많이 보았을 것이다. 아마 직원들은 그렇게 모르던 세상을 새로 알게 된 똥멍충이들에게 지금 내게 둘러주는 이런 따스한 이해를 선사해 왔을 것이다. 고마운 사람들. 정말 고마운 사람들.

다음부터는 일사천리였다. 나는 그 까만 것의 입양을 위한 서류에 마구 서명을 해댔고, 센터의 수의사가 나타나 까만 것의 목덜미에 인식칩을 심어주었다. 까만 것의 현재 건강과 백신 접종상태를 보여주는 검사표도 넘겨받았다. 그러는 내내 까만 것은 그 세상 다 산 눈빛으로, 눈을 뜨고는 있으되 아무것도 안 보는 눈빛으로, 깽소리 멍소리 한번을 내지 않고 그림자처럼 앉아만 있었다. 여러 대의 주사를 맞고, 인식칩을 심는 과정에서 아팠을 법도 한데 까만 것은 미동조차 없었다. 입양과 동시에 동물등록이 이루어지기 때문에, 나는 그 자리에서 이 까만 것의 이름을 대충 '순이'라고 지었다.

2. 털 많은 내 동생 달곰이 ② : 서로에게 스며들기

까만 것의 이름은 '달곰'

몇 주 후, 까만 것의 이름은 '달곰'으로 바뀌게 된다. 가슴에 찌그러진 흰색 초승달이 있고, 얼굴도 흡사 곰상이었다. 그렇게 반달곰을 연상시키는 모습에 '달곰'으로 정한 거다. 반달곰, 곰, 곰돌이, 고미, 고미공주, 곰주 등등 녀석은 앞으로 다양한 별명으로도 불리게 된다. 여하간 '순이'가 '달곰'이가 되기까지, 녀석은 저만의 속도로 나에게 적응해 나갔다.

처음에 녀석은 세상 다 망했다는 무망한 눈빛으로, 주저앉은 자리에서 일절 미동도 하지 않았었다. 그래서 첫날 집에 오는 내내 내 팔에 들려서 옮겨지는 수모를 겪었다. 보호소에서 택시까지, 택시에서 우리 집까지 옮겨지는 동안, 곰이는 깽소리 한번을 하지 않았다. 시종일관 텅 빈 눈빛으로 바들바들 떨기만 했다. 삐쩍 말라서 피골이 상접한 몸골로, 벌벌 떨기까지 하니, 갈 길이 참 멀구나 걱정이 됐다.

내가 모르는 개의 과거가 궁금했다. 무슨 일을 당했기에 이렇게까지 희생자의 모양새를 하고 있는 건가? 이빨 상태는 아주 희고 깨끗했다. 몸 어디에도 다쳤던 흔적이 없었다. 이런저런 검사 결과도 아주 말짱했다. 이토록 말끔한 몸 상태는 나름의 돌봄을 받아왔다는 증거 아닌가?

다 포기한 허망한 눈빛으로 보건데, 버림받은 것에 크게 상처를 받은 것 같다. 뭐 그것 역시 나름의 돌봄과 애정을 받으며 살았었다는 반증이 되려나? 아아 녀석이 말을 해준다면 얼마나 좋을까. '예전 형님은 말이야~ 내가 어쩌다 이렇게 됐냐면 말이야~'하고 한마디 해준다면, 이 친구를 앞으로 어떻게 돌봐줘야 할지 감이 잡힐 텐네.

우리 집에서의 첫날, 개는 물도 밥도 일절 먹지 않고, 아예 움직이지도 않았다. 안쓰러운 마음에 머리를 살살 쓰다듬으면, 자기를 만지는 나를 무서워하는 기색이 역력했다. 무서우면 고양이처럼 어디 구석으로 냅다 피하면 되지 않나 싶은데, 움직이고 피하고 뭐든 자의로 해보려는 생의 의지가 한 방울도 남지 않은 모양이었다. 제게 덮쳐오는 모든 타의에 전부 복종하려는 그런 느낌. 무엇을 해봤자 아무 소용이 없음을, 뭘 어떻게 하든 아무것도 피할 수 없음을, 자기 존재의 무력함을 표정과 몸짓으로 절절히 표현하고 있었다.

온몸으로 두려워하던 이 개가 우리 집에서 첫 식사를 하기까지는 사흘이 넘게 걸렸다. 그리고 그 즈음이었다. '언니 다녀올게'하면, 멀리 베란다에 몸을 숨기고 내가 나갈 때까지 숨어있던 녀석이, 외출하는 나를 현관까지 나와서 눈으로 배웅하기 시작한 때가. '언니 다녀왔어'하면, 방석에 누워있다가 호도도도 화장실로 도망가던 녀석이, 집에 돌아온 내게 슬금슬금 다가와 알은척을 해주기 시작한 때가. 그 즈음 아이의 눈에 조금씩 생기가 돌기 시작했다.

한번 돌아오기 시작한 눈의 생기는, 점점 색채를 더해갔다. 슬픔이 조금 담기기도 하고, 기쁨이 조금 담기기도 하고, 이런저런 감정들이 강도를 더하며 생명력을 뿜냈다. 쓰다듬으면 무서워하며 부들부들 떨면서도 달아나지 못하던 녀석은, 이제 싫으면 싫다고 냅다 줄행랑을 놓기 시작했다. 빗질이라도 한번 해주려면 녀석을 따라 뛰어다녀야 했다. 잡기놀이를 하며 집을 몇 바퀴나 돌아야 했다. 압도적으로 빠른 멍멍이가 은근히 손에 닿을 듯 말 듯한 속도로 나를 놀리며 달아났다. 멍멍이랑도 나잡아봐라 놀이가 된다는 걸 새로 배웠다.

행복해서 쉬야하는 멍멍이

내가 퇴근해서 돌아오면 흥분해서 쉬야를 하는 경우도 가끔 생겼다. 누가 알려주지 않아도 그 쉬야가 기쁨을 가누지 못해 지리는 쉬야라는 것이 눈에 보였다. 멍멍이들은 바디랭귀지의 마스터라는 것도 그렇게 체험으로 알았다.

쉬야 사태는 달곰이가 산책을 시작하며 자연스럽게 끝이 났다. 처음에 녀석은 산책 목줄만 채우면 바로 주저앉아 고장이 나 버리곤 했다. 또 버려질 게 두려운 건가? 여하간 고미는 시종일관 집 밖의 모든 것을 거부했다. 그런 아이를 기어이 안고 나가서 강제 산책을 시킨 게 입양 후 이주일 째가 되던 날이었다. 녀석은 그때부터 아주 거짓말처럼 산책쟁이가 되어 버렸다. 지금까지 안 나간다고 버틴 건 뭔데? 집에 더 늦게 들어가려고 공원에서 버티는 녀석을 보면 허탈해서 웃음이 났다.

산책 중에 하는 응쉬의 기쁨을 터득한 달곰이는, 그날 이후 집에서 하던 배변 행위를 아예 딱 멈췄다. 베란다에 깔아놓은 배변패드가 무색할 정도로 산책에 심취한 실외배변 멍멍이로 거듭난 것이다.

달곰이가 집에 적응을 하면 훈련사와의 상담과 훈육으로 더 훌륭한 반려생활을 시작하려 했는데 계획이 어그러졌다. 적응하자마자 훈육이고 나발이고 더할 나위 없이 훌륭한 반려견이 되어 버린 달곰이 탓이다. 고미는 산책도 차분히 잘했고, 시끄럽게 짖거나 무언가에 공격성을 보이는 일도 없었고, 배변 실수도 없었다. 내가 잘 때 조용히 같이 자고, 하루 종일 혼자 둬도 집을 어지르지 않았다. 분리불안 증세도 보이지 않았다. 원하는 걸 은근히 요구하기도 하고, 싫은 것을 싫다고 점잖게 표현하기도 했다. 배웅도 하고, 반겨도 주고, 애정 표현도 적당히 하면서 말이다. 어느 순간 정신을 차려보니 나는 뭐 하나 가르친 적이 없는데, 한 점 더할 것도 뺄 것도 전혀 없는 완벽한 반려견이 집에 들어와 있었다. 내 생활에 녹아든 달곰이는, 내 생활을 녹여서 온전히 제 것으로 삼았다.

고양이처럼 거리를 두며 혼자 있기를 좋아하는 우리 달곰이. 조물조물 자꾸 만지면 적당히 하라고 앞발로 점잖게 제지하는 우리 달곰이. 산책 중에 만난 다른 멍멍이를 내가 예뻐해도 질투 하나 없는 우리 달곰이. 많이 짖지도 않고 배변도 완벽하게 가리는, 그래서 집을 나보다도 조용하고 깨끗하게 쓰는 우리 달곰이. 훈련도 훈육도 한 번도 한 적이 없는데, 뭐 이런 로또 같은 멍멍이가 있나! 원래 점잖은 어미에게, 본디 점잖게 태어나서, 훌륭한 가정교육을 받으며 자란 것이 분명하지 아니한가?

달곰이가 구조된 곳은 수원에 있는 매탄시장의 한복판이었다. 짧은 줄에 묶여 몇 시간이나 방치되다가 보호소에 입성했다고 한다. 애초에 달곰이를 입양할 계기가 된 실연의 상대방, 나의 옛 연인도 매탄시장 근처에 살았었다. 둘이 손을 잡고 찬거리 간식거리를 사러 다니던 곳이 매탄시장이었다. 이별로 나를 너덜너덜하게 만든 남자와의 추억이 잔뜩 쌓인 곳에서, 앞으로 다른 추억을 몽땅 쌓아갈 달곰이가 온 것이다. 운명론과 감성으로 엮어서 생각하면, 내게 실연을 안긴 그가, 달곰이와의 인연을 선물해 준 것으로 볼 수도 있으리라. 사랑과 사랑의 중간에 이런 식의 우연이 등장하면, 낭만에 끔뻑 죽는 내게는 그야말로 운명으로 보인다.

나의 상실과 달곰이의 상실을 예쁘게 엮어서 하나의 운명이라고 믿기로 한다. 낭만이 삶을 더 반짝거리게 한다고 나는 그리 믿는다.

모든 사랑에 열려있는 생을 살아가기

처음 만났을 때, 바닥없이 까맣고 허망했던 달곰이의 눈빛을 기억한다. '이 녀석이 내 멍멍이요!'하고 단박에 알아볼 수 있었던 것도, 어쩌면 그 눈빛 때문이 아니었을까? 그때의 곰이와 나는 그만큼 닮아 있었고, 곰이의 눈빛이 아마도 내 눈빛과 같은 종류의 것이었기에, 그래서 그토록 확신에 차서 달곰이를 데려올 수 있었던 게 아닐까?

그렇게나 텅 비어 있던 고미의 눈에 이제는 무언가가 담겨 간다. 밥 달라고, 산책 가자고, 관심 달라고, 내게 주둥이를 들이미는 달곰이의 눈에, 이제는 확실히 무언가가 담겨 있다. 반짝반짝 물오른 그것은, 생명의 기운, '생기'다.

생기로 반짝이는 달곰이의 눈을 마주하는 내 눈에도, 이제는 무언가가 담겨 간다. 일부러 거울을 찾지 않아도 알 수 있다. 달곰이와 나는 비어있던 서로의 눈에 무언가 따뜻하고 반짝이는 것들을 채워 놓았다. 나는 달곰이의 눈에, 달곰이는 내 눈에. 그렇게 생기를 다시 머금은 두 눈동자가, 서로를 마주 본다. 달곰이가 애정을 그득 담아 내 손을 마구 핥는다. 나도 달곰이의 복슬한 배를 쓰다듬어 화답한다. 꼬숩고 고소하고 복슬복슬한 기분이다.

사랑은 해볼 만한 경험이다. 아무리 험하게 깨져도, 상대가 무엇이든 누구이든, 그 사실은 바뀌지 않는다. 물론 깨지지 않고 계속 이어가는 것이 가장 좋겠다만, 그게 어디 마음대로만 되는 일인가. 철저하게 허물어지는 결말을 맞더라도 성을 쌓아가는 건 가치 있는 일이다. 덜 아파봐서 이런 말이 나온다고 반박한다면, 뭐 할 말이 없긴 하다. 그래도 결국 '가치'란 개인의 선택에 갈리는 문제. 나는 그렇게 말하기 어려운 순간에도 그런 말을 하기로 결심하는 선택을 이어가리라. 살아있는 한 그렇게 믿으며 나아가는 것이 다른 누구도 아닌 나 자신에게 최선이라 생각하는 까닭이다.

달곰이를 보낼 때는 그를 보낼 때와 어떻게 다를지 모르겠다. 미리 끌어다 아픔의 순간을 상상하는 건 이득 없이 피해만 자초하는 바보짓이지만, 그래도 해봤는데, 역시 답은 모르겠다. 사랑은 사랑, 이별은 이별 아닐까? 사랑마다 다 다르고, 또 모두 같은 건 아닐까? 어느 날 찾아올 그날, 달곰이를 보내는 그날에, 나는 아마도 그를 보내던 날과 또 똑같은 말을 하게 되지는 않을까?

그래도 너를 만나서 정말 다행이었노라고. 너와 함께한 추억은 내 우주에서 샛별과도 같이 빛나고 있노라고. 그 빛에 의지해 내 우주는 한층 더 밝아졌노라고. 아름다운 내 우주를, 네가 빛나게까지 만들어 주어, 정말이지 고맙고도 고맙노라고. 네가 없어도 나는, 이 아름답고 빛나는 우주를 계속 잘 살아가겠노라고. 내 소중한 친구야, 내게 와줘서 정말 고마웠노라고.

모든 사랑에 열려있는 생을 살아가리라. 언젠가 끝날 사랑이라도 기꺼이 시작하는 바보로 남고야 말리라. 얼마나 아픈, 얼마나 깨지든, 사랑은 남는 장사고, 맞는 행위고, 옳은 가치다.

순이에서 달곰이로, 개명 후일담

입양할 때 막 정한 이름인 '순이'를 '달곰'으로 바꾸기 위해, 나는 성가시게도 구청에 직접 다녀와야만 했다. 개명을 위한 나들이 길에 개명 당사자, 달곰이도 동행했다. 내 곁에서 보조를 맞추며 걷는 털동생의 얼굴에 함박웃음이 가득했다. 산책만 하면 이렇게 좋아하니, 안 걸어 다닐래야 안 다닐 수가 없다. 아끼는 존재의 행복한 미소는 정말이지 천금의 가치가 있으니.

우리가 만난 지 몇 주, 입양에서 개명까지의 단 몇 주 만에, 달곰이는 나와 내 집과 내 생활과 내 마음을 온통 제 것으로 삼았다. 그렇게 내 삶에 달곰이가 들어왔다.

한 달 후, 개명 완료 통지서가 왔다.

"어마? '달콤'이가 누구야? 우리 애는 '달곰'인데?"

구청 직원의 실수로 '달곰'이는 '달콤'이로 등록되어 있었다. 우어어어어...... 구청까지 다녀온 우리의 수고는 무어란 말인가 우어어어엉....... 조만간 다시 한번 구청에 가야지 생각했다. 그러다 한 달이 지나고 두 달이 지났다. 귀찮음은 아름아름 자기합리화를 불러왔다.
"고미야 네가~ 얼굴은 곰이지만, 성격은 달콤하잖아~ 그러니까 우리 그냥 이대로 살까? 어때 달곰아? 어떻게 생각해?"

쵸쵸쵸 고미는 신나서 내 손을 핥았다. **뽀뽀**에 후한 멍멍이다.

일단 2년째 달곰이는, 서류상으로는 달콤이로 그냥 살고 있다.
행복한 시간은 빠르다. 2년이 순식간에 지났다. 반려견에게 바랄 수
있는 모든 미덕을 갖춘 우리 달곰이는, 여전히 나로 인해 행복해하고,
여전히 내게 행복을 나눠준다. 우리는 함께 우리의 일상을 만들어 가
고 있다. 나는 달곰이로 인해, 첫눈에 반하는 사랑과, 시간과 함께 매
일 깊어 가는 사랑이, 일식처럼 겹칠 수도 있다는 것을 배웠다. 2년 전
공허한 눈빛으로 내 마음에 들어온 달곰이는, 이제 내 안에 더 큰 사
랑으로 자리 잡았다.

3. 오늘분의 쇠질 ① : 크리스마스 한정판 쪽팔림 선물

눈사람 킬러 '달곰언니'와 사이드킥 '달곰이'

2023년 크리스마스에는 눈이 왔다. 화이트 크리스마스는 가만히 있기만 해도 설레는 것이라, 달곰이랑 같이 팔짝팔짝 눈밭을 뛰어다녔다.

기분만 내라고 슬쩍 온 눈이 아니었다. 발이 푹푹 빠질 정도로 두텁게 왔다. 동네 아이들이 총출동해서, 공원 여기저기에 눈사람들이 생겨났다. 눈오리, 눈수달, 눈펭귄, 눈루피 등 귀여운 쪼꼬미 눈친구들도 바글바글 생겨났다. 사방에 꺄르르 꺄르륵 멍멍멍 왈왈왈 신나는 소리가 가득했다.

달곰이는 눈을 보면 어떤 기분일까? 눈밭을 뒹굴고, 뛰어다니고, 점프해서 날리는 눈송이를 와앙 먹어대는 걸 보면 즐거워 보이긴 하는데 말이다. 달곰이와 나는 공원을 구석구석 돌아다니며 화이트 크리스마스의 낭만과 신남을 만끽했다. 그러다 주인 없이 망그러진 눈사람을 보면 흥이 나서 주먹을 날렸다.

"야앗!"
눈사람 얼굴 정중앙에 펀치를 내지른다.
"허잇!"

눈사람 허벅지에 로우킥을 콕콕 꽂아낸다. 아우 신나.

쓰러진 눈사람 잔해 위에서 달곰이가 뺑뺑이를 돈다. 덩달아 흥폭발이다. 서 있는 녀석을 쓰러뜨리는 것보다, 쓰러진 녀석을 밟아대는 게더 잔인하지 아니한가. 이런이런... 잔인한 달곰이 같으니라고.

나도 눈사람을 쥐어패면 동심파괴자라고 손가락질 받을 수 있다는 것정도는 안다. 그렇지만 눈놀이 중에 가장 재미있는 눈사람 때리기를포기할 수는 없는 노릇이다.

나와 주변을 해치지 않겠다는 내 원칙을 지키기 위해, 나름의 기준도가지고 있다. 일단 아무리 신이 나도 내 손가락, 내 무릎, 어디든 황금같은 이 한 몸이 상하도록 눈사람을 때리지는 않을 것. 이게 첫 번째다.

두 번째 기준은 쥐어팰 눈사람을 고르는 기준이다. 양심적으로다가막 만들어지고 있는 눈사람을 공격하지는 않는다. 그건 뭐 만드는 사람하고 싸우자는 거니까. 눈사람을 때리는 건 그냥 좀 재밌자는 건데,사람 간에 싸움을 유발하는 건 선 넘었다.

또, 한층 더 양심적으로다가 온전한 형태를 뽐내는 눈사람도 패스다.갓 지은 밥처럼 반드르르 하니 막 사람이 제조를 완성한 듯한 친구들은 그냥 두는 것이다. 때렸을 때 기분이야 가장 신선하겠지만, 어쩔 수 없다. 너무너무 막 만들어진 온전한 눈사람을 때리고 싶다면, 내 손으로 직접 한 친구를 짓는 수밖에.

그래서 결론적으로 나는, 만들어지고 나서 한동안 시간이 흘러 제 스스로 망가지거나 녹아내려서 5% 정도 덜 온전한, 그런 뭉툭한 눈사람만 공격한다.

낭만이 좔좔 흐르는 화이트 크리스마스에, 내가 때려 부수고 달곰이가 짓밟은 눈사람들이 줄을 이었다. 물론 희생자 리스트에는 어딘가 부족한 그런 뭉툭이들만 있었다. 정말이다.

눈사람의 수호자 임시완 소년
크리스마스 당일은 마냥 좋았다. 사건이 터진 것은 다음날. 여느 때와 다름없이 퇴근하자마자 바로 달곰이와 산책을 나갔다. 어제 크리스마스에는 그렇게 퍼붓더니, 오늘은 하루 종일 따뜻했다. 그 덕에 공원에는 눈사람 생존자가 거의 없었다. 눈오리 눈펭귄 그런 앙증맞은 애들은 아주 몽땅 씨가 말랐다. 손날 춉을 날려서 녀석들을 이등분하는 즐거움은 그렇게 포기해야만 했다. 슬프다.

하지만, 달곰이와 나는 포기하지 않고 공원을 꼼꼼히 순찰했다. 살아 있는 눈사람들이 간혹 있었다. 어제는 희고 동글했을 그 친구들이, 이제 회색 옷을 입고 피골이 상접해 있었다. 하지만 애들을 때리는 기뽐은 오늘이 마지막이다. 내일이면 완전히 물이 될 테니. 이런 기회를 놓칠 수는 없다.

"야야얍!"
때릴 때는 이소룡 기합을 넣어주는 게 제맛이다.

킥과 펀치가 들어가면 녀석들은 물방울까지 튀기며 장렬하게 쓰러졌다. 녀석들은 어제보다 한층 말랑했고, 쓰러지며 튀기는 물방울은 액션 효과를 부추겼다. 아우 더 신나.

어제와 달리 달곰이는 녀석들의 잔해에 코만 킁킁거릴 뿐, 그걸 짓밟으며 우다다 하지는 않았다. 질척해서 발이 젖는 게 싫은가? 이런이런... 깔끔하고 우아한 달곰이 같으니라고.

그렇게 눈사람 잔당들을 소탕하며 신나는 산책을 이어가던 중, 아직까지 살아있는 3단 빌런을 발견했다. 어찌나 신나던지! 어제부터 3단 눈사람을 보면 정말 때려보고 싶었다. 그 크고 높은 녀석이 쓰러지면 마치 골리앗이 쓰러지는 듯한 광경을 볼 수 있을 테니까. 하지만 5% 뭉툭이의 기준에 드는 3층 친구가 없어서 한 놈도 때려보지 못한 것이다. 지금이야말로 기회다! 우리는 그 마지막 남은 3층이에게 달려갔다.

"허이짜!!"

내 머리보다 높이 솟은 3층 빌런의 얼굴 정중앙에 펀치를 넣었다. 1층이 훅 날아갔다. 퍼서석 하고 녀석의 머리가 바닥에 떨어졌다. 3층 왕머리는 그 충격에 3등분이 났다. 달곰이도 이 녀석에게만은 신이 났는지, 빌런의 머리 잔해를 팡팡 때렸다. 도톰한 멍멍이 발바닥 흔적이 잔해에 남았다.

"야오오옥!!"
남은 2층과 1층에 미들킥과 로우킥을 연달아 넣었다. 차고 밟고 찌르고 신나게 다리를 움직였다. 2층 몸통은 반쯤 쓰러지고, 1층 몸통에는 발자국이 푹푹 패였다. 역시 강적! 단박에 부서지지는 않는구나. 다음 로우킥으로 먼 산까지 날려 버리리라. 자세를 가다듬고 다음 킥을 날리려는 찰나, 예상치 못한 광경이 눈에 들어와서, 나는 들었던 다리를 다시 내려놓았다.

100m 밖에서 내가 때려눕힌 3층 빌런보다 더 키가 큰 소년이 이쪽으로 뛰어오고 있었다. 엉? 뭐지?

투쟁이냐 도피냐, 그것이 문제로다
가능한 경우의 수들이 머릿속을 빠르게 스쳐 간다. 소년의 여자친구가 내 뒤에 있어서 그녀에게 가는 건가? 내 뒤를 돌아봤다. 두리번두리번. 젠장. 아무도 없다. 주변에는 나랑 달곰이 뿐이다.

혹시 소년이 달곰이의 아름다움에 반해서 인사하러 오는 건가? 아닌 가? 곰이가 아니라 내게 반한 건가? 나는 마흔이고, 쟤는 잘해봐야 고 딩인데? 무엇보다도 곰에게 반했든 나에게 반했든, 저렇게까지 뛰어올 일인가? 호감을 표현하려고? 그럴 리가 없잖아!!

내 뒤에 소년의 집이 있나? 그래도 저 속력 어쩔 건데? 집에 갈 때 저렇 게까지 빨리 달리는 사람이 어딨냐? 아! 혹시 화장실이 급한가? 그치 만 화장실은 우리가 있는 이쪽이 아니라 45도 정도 방향을 틀어 달려 가야 닿을 수 있는데?

내 빈약한 상상력은 더 이상 다른 경우의 수를 떠올리지 못했다. 아아 이건 아무래도 내가 눈사람 부셔서 오는 것 같다. 아아 현실 회피가 가 능한 다른 경우의 수가 없다. 아아 이런 젠장... 오만 생각을 하며 나는 달려오는 소년을 멀뚱히 바라봤다.

며칠 전 봤던 드라마가 생각났다. 임시완을 주인공으로 한 '소년시대' 라는 시리즈였다. 찌질이가 학교짱이 되어 학교에 평화를 불러온다 는, B급 코믹 레트로 폭력 성장 드라마였다. 왕 재밌었고 와왕 폭력적 이었다.

그런 걸 봐서 그런지, 지금 달려오는 소년이 길쭉한 버전의 임시완처 럼 생겼다는 생각이 들었다. 임시완을 쭈우~욱 한 20센치 늘려서, 대충 10년 정도 어리게 만들면, 저 소년이 될 것도 같으다. 정말 아름답고 잘생긴 소년이로구나. 보기 드문 미소년이로다.

또 이런 생각도 들었다. 나, 눈사람 때려서 쟤한테 맞는 거야? 팔다리 길어서 엄청 아플 것 같은데? 아아 어떡하지? 아아아 젠장.

길쭉한 임시완 소년과의 거리는 이제 40m 남짓. 오만 생각이 한층 더 빠른 속도로 오갔다.

어쩌지? 아아 나 진짜 맞는구나. 그럼 어쩌지? 나도 같이 때려야 하나? 아냐. 걍 맞자. 쌍방폭행보다 일방폭행이 뒷수습이 쉽지. 게다가 난 공무원이고, 쟤는 딱 봐도 미성년이잖아. 쌍방으로 때리면 나한테 더 불리해. 그래. 그냥 맞자.

콩벌레처럼 몸을 동글려서 거북이처럼 바닥에 딱 붙어야지. 그렇게 급소를 보호해야겠다. 어제 44만원 들여서 튠페이스 시술까지 했는데, 이 예쁜 얼굴을 상하게 할 수는 없지. 응. 안될 말이지. 팔 가드로 목이랑 머리를 보호하고 바닥에 붙자. 그래. 그래야겠다. 덜 아프게 맞는 법 좀 미리 배워둘걸. 아아.

앗! 잠깐! 그럼 우리 고미는? 내가 맞는 동안 우리 달곰이는 어쩌지? 지금 5m 자동줄로 내 몸통과 연결돼 있는데, 애를 어떻게 보호하지? 나는 맞아도 우리 고미는 맞으면 안 되는데? 아씨, 어쩌지? 5m 범위 내에서 저 길쭉한 소년의 공격을 피할 수 있을까?

소년이 빠를지언정 스피드로는 고미가 이겨. 근데 줄이 꼬이기라도 하면? 줄을 잡아당겨서 고미를 낚기라도 하면? 고미도 영락없이 나랑 같이 맞는 건데? 그건 진짜 큰일인데? 내 몸으로 가드해? 달곰이를 안고 거북이처럼 엎드려서? 안돼. 고미 사이즈를 내 몸으로 가드하는 건 불가능해. 주먹만 한 치와와면 모를까. 가드한다고 구겨 안다가 고미 가늘고 예쁜 다리나 부러뜨리겠지. 어쩌지?

줄을 아예 풀어버릴까? 그럼 고미는 분명히 안 잡히고 안 맞겠다. 앗. 그런데 달곰이가 나 맞는 사이게 공원 밖으로 줄행랑 놔 버리면 어쩌지? 도로 건너다 차에 치이면? 아니면 너무 멀리 도망가서 고미를 잃어버리기라도 하면? 그건 더 큰 문젠데? 아 진짜 어쩌지?

역시... 맞서 싸울까? 같이 치고받고 싸우면 달곰이는 안 다치지 않을까? 아 젠장 안된다니까! 밥벌이까지 위협당해! 그리고 싸워서 이길 것 같지도 않아. 깔작거리다가 소년의 화를 돋워서 더 맞기나 하겠지. 내가 그렇게 더 쥐어터지면 달곰이도 마찬가지로 더 쥐어터질 수 있어.

그럼 달아나? 냅다 도망가? 아냐. 그것도 글렀어. 저 속도 봐. 달곰이 혼자라면 몰라도, 나는 절대 못 도망쳐. 나보다 2배는 더 빠르구만...

어쩌지? 어떻게 해야 고미가 안 맞고, 내 직장도 무사하지? 궁지에 몰리면 44만원 레이저 얼굴까지는 슬프지만 포기하겠어. 하지만 고미랑 직장만은 사수해야 하는데!?

이도 저도 못 하는 사이, 그가 왔다.

아아 와 버렸다. 임시완은 이제 나랑 1m 떨어진 곳에 와서 섰다. 나를 지나쳐서 계속 달려 주길 기대했는데, 부질없는 기원이었다. 정확히 3층 눈사람 곁에 와서 선 것이다. 눈사람이 망가져서 달려온 게 분명하다. 나는 확실히 맞겠구나. 어떻게 할지 아직 못 정했는데, 이를 어쩌나.

그런데, 임시완 소년은 담백했다. 단거리 질주를 하듯이 전속력으로 달려온 것이 무색하게, 표정도 기색도 그저 담담했다. 뭐지? 안 때리나? 영문을 알 수가 없다. 소년은 나를 보는 둥 마는 둥, 딱히 눈을 마주치지도, 말을 걸지도 않는다. 멍멍이 달곰이만 간헐적으로 엉엉 짖어댄다. '왕왕'이 아니고 '엉엉'이다. 애는 어쩜 이렇게 짖는 소리에서도 쫄아있는 게 느껴질까. 애초에 기대도 안 했지만 달곰이가 임시완 소년을 겁줘서 쫓아내는 건 백번 글렀도다.

담담한 소년과, 왕왕거리는 달곰이와, 불안하게 눈알을 굴리는 나와, 3층이었다가 1.5층만 남은 눈사람이 4자 대면 중이다. 지금이라도 달아날까? 그렇지만 그렇게나 달려와서 내 앞에 서있는 소년을 뒤로하고 그냥 가기에는 너무나 불안하지 아니한가! 별 생각이 없다가도 약한 모습을 보이며 꽁무니를 빼는 상대를 보면, 괜히 더 해코지하고 싶어지는 게 사람 심리다. 하물며 테스토스테론 만땅인 저 나이대의 소년은 말해 무엇하랴.

영문을 알 수 없어 숨 막히는 1초, 2초, 3초가 지났다. 결국 답답한 내가 소년에게 묻는다.
"혹시 이 눈사람 만드셔......"
"네!"

멀뚱히 서서 침묵을 지키던 임시완 소년은, 내가 말을 다 맺기도 전에 즉답을 했다. 그의 '네'에는 확실히 느낌표가 붙어있었다. 담담한 태도와 어울리지 않게, 빠르고 똑 떨어지는 목소리.

소년은 대답을 하고도 나와 눈을 마주치지 않고, 성난 기색을 보이지도 않는다. 소년은 그냥 그러고 담백하게 서 있기만 했다. 곰이만 계속 쫄리는 소리로 엉엉 울어댔다. 내 얼굴이 화끈 달아올랐다.

"아... 죄송해요. 정말 미안합니다. 이걸 다시 붙여드릴 수도 없고... 죄송해서 어쩌나..."
나는 바로 빌었다. 아주 싹싹 빌었다. 물론 맞기 싫어서 사과한 것도 있다. 그래도 자기가 만든 작품이 눈앞에서 망가지는 모습을 보며 느꼈을 소년의 심정이 짐작되어 진짜 미안했다.

중언부언 사과를 반복했다. 얼굴이 빨개져서 불안하게 눈알을 굴리며. 하지만, 그와 동시에, 머리 한구석에서는 임시완 소년이 드라마에서처럼 펀치를 날릴 확률을 계산하고, 달곰이를 안전하게 대피시킬 퇴로를 짜보고 있었다. 그러길 한 5초....

"...가세요."
조용하고 나붓한 임시완 소년의 목소리가 들려왔다.
물처럼 담담한 소년의 태도에 더욱 창피해진 나는, 시뻘개진 얼굴로 마지막 사과의 말을 공중에 마구 흩뿌렸다. 그리고는 후다다닥 뛰듯이 그 자리를 떠났다. 뒤통수를 의식하며, 혹여나 날아올 통수 공격을 방어했다. 그런 생각을 하는 나 자신이 또 창피해서, 달아나면서도 내 얼굴은 홍시처럼 계속 계속 뜨거웠다. 달곰이는 홍시 언니 뒤를 부지런히 쫓아오며, 소심하게 간헐적으로 엉엉엉 짖어댔다.

임시완 소년의 슴슴한 태도. '네' '가세요' 단 두 마디뿐인 그의 싱거운 목소리. 그래서 더 미안하고 더 창피했다. 소년이 성난 기색으로 심한 말을 했더라면, 이렇게까지 미안하거나 창피하지는 않았을 거다. 물론 다른 쪽으로 기분이야 나빴을 테지만, 그가 성을 내는 만큼 내 잘못에 대한 값을 이미 치른 듯한 기분도 느꼈을 거다. 하지만 임시완은 어떤 성질도 짜증도 부리지 않았고, 그 감정의 공백이 오롯이 나의 창피함으로 쌓이고 만 것이다.

집에 오는 내내 반성했다. 앞으로는 5%만 망가진 눈사람은 건들지 말아야지. 10% 이상 망가진 애들만 때려야지. 그런 애들도, 주변을 한번은 둘러보고, 적당히 눈치를 살핀 후에 때려야지. 앞으로는 때릴 눈사람을 신중하게 골라야지.

4. 오늘분의 쇠질 ② : 마흔 여자의 근손실 방지 특효약

더 빡쎈 운동 루틴이 필요해

임시완 소년과의 만남 후 집에 오는 길, 2024년 새해 결심을 한 가지 했다. 운동량을 늘려야지. 평소에 얼마나 힘과 에너지와 폭력성을 쌓아놓고 살았으면, 고작 눈사람 때리기에 이다지도 흥을 낸단 말인가. 내 나이의 반도 안 되는 인생 후배님 앞에서 이런 추태를 보이다니... 아 진짜 창피하네 이거 참.

눈사람을 때리면서 그토록 즐거웠다는 사실이, 내게 격렬한 운동 루틴이 필요하다는 증거다. 이 외에도 나 자신에게 운동을 시켜야 할 이유는 차고 넘친다. 임시완 눈사람을 계기로 그 이유 목록이 하나 더 늘었을 뿐이다.

하나, 나의 꿈, 150세 건강 장수를 위해서 운동을 해야 한다.

둘, 예민한 내 성품에 수시로 깔짝깔짝 드리우는 우울증의 그림자를 떨쳐내기 위해서도 운동을 해야 한다.

셋, 까딱하면 15kg 달곰이를 들쳐 안고 뛰어야 하기 때문에 운동을 해야 한다.

그리고, 넷, 앞으로 또 누군가의 눈사람을 흥에 취해 때려 부수지 않기 위해 운동을 더 해야 하게 생겼다. 내 폭력성을 나와 남, 아무도 해치지 않고 시원하게 풀어내리려면, 답은 운동밖에 없다. 임시완 소년에게 미안해서라도, 빨리 더 쎈 운동 루틴을 시작해야 한다.

내 현재의 운동 루틴은 비루하다. 일주일에 하루, 딱 20분만 투자하고 있다. 달곰이를 산책시키는 건, 그냥 일상의 움직임이지, 운동이 아니다. 자고로 '아고고 나 살려라' 하는 소리가 절로 나와야 제대로 된 운동이라고 나는 생각한다. 적어도 내가 원하는 체력 증진, 심신 이완, 몸매 관리, 세포 청소 효과를 고루 누리려면 말이다.

지금의 내 운동 루틴은 '데이브 아스프리'라는 사업가의 책에서 따왔다. 한때 그에게 심취해서 그가 만든 레시피로 방탄커피를 만들어 먹기도 하고(속 쓰려서 더는 안 먹는다), 그가 파는 커피콩(곰팡이가 없다고 해서 혹 했었다)과 콜라겐과 영양제를 직구하며 가산을 탕진하기도 했었다. 이제는 현실과 타협해서 가산 탕진까지는 하지 않지만, 아스프리에 대한 애착은 그대로 남아있다.

아스프리가 말했다. 호랑이가 쫓아온다 생각하고 목숨걸고 400m만 뛰라고. 그리고 90초를 누워서 쉰 다음에, 또 호랑이에게 쫓기며 400m를 더 뛰라고. 그게 다라고. 호랑이 스타일 뜀박질이다.

아스프리는 또 말했다. 5개의 기본적인 근력운동 기구를 돌아가며 1 번씩만 하라고. 각 기구는 90초만 쓰고, 때려 죽어도 90초 이상은 못 하겠다는 소리가 나올 무게로 하라고. 90초 동안 6번만 움직일 정도 로 아주아주 천천히 움직이고, 각 기구 사이를 오가며 쉬는 시간은 2 분을 넘기지 말라고. 나무늘보 스타일 쇠질 방법이다.

아스프리는 책을 여러 권 냈고, 나는 그의 책을 모두 읽었지만, '오! 이 거라면 나도 해볼 수 있겠는데?' 하는 운동법은 몇 개 안 된다. 이 호랑 이랑 나무늘보 스타일 훈련법은 그렇게 간택됐다.

내가 일주일에 1번 하는 20분 운동은, 이렇게 호랑이와 나무늘보로 이루어져 있다. 애들이랑 딱 필요한 만큼만 놀면, 정확히 20분이 걸 리는 것이다.

이 루틴과 함께 한지도 이제 2년이 넘어간다. 슬슬 편해졌다 싶으면, 호랑이 속도를 높이고 나무늘보 무게를 늘려서 괴로움 을 더한다. 괴 롭지 않으면 어차피 원하는 효과를 얻지 못하니 괴로워야만 한다.

이렇게 고통의 루틴이다 보니, 헬스장에 갈 때마다 아주 자연스럽게 죽을상을 하게 된다. 생각만 해도 죽상이 막 지어진다. 아주, 진짜, 너 무 싫다. 2년이 넘도록 죽상은 전혀 펴지지 않았다. 참 한결같이 싫고 괴로울 뿐이다. 헬스장에 들어갈 때는 죽어가는 표정이었다가, 딱 20

분만 깔작거리고는, 헬스장을 나올 때는 세상 다 가진 표정이 된다. 매주 이러고 있다. 좋아하는 사람의 조언이지만, 그래도 가끔은 '나 지금 뭐하고 있니'하는 의구심이 들기도 한다.

연애 상대 고르기보다 까다로운 운동 종목 고르기

아스프리 루틴 전에는 '팀 페리스'라는 사업가의 운동 루틴을 가져다 썼었다. 아스프리도 페리스도 본업은 사업가다. 운동과 몸매 관리에 대한 그들의 조언은 엄연히 비전문가의 조언일 것이다.

하지만 그래서 더 좋았다. 사업을 하든 뭘 하든, 자기 인생을 바쁘게 살아가는 중에, 최소 투자로 최대 효과를 얻어내는 운동법. 나는 그런 걸 찾고 있었으니까. 선택과 집중, 최소 투자와 최대 효과, 이런 운동 방식을 찾아내는 데, 수지타산에 기민한 사업가보다 적절한 사람이 또 있을까?

아름다운 몸매를 커리어로 삼는 연예인들의 다이어트 법을 따르는 것과, 효율 좋은 성취를 커리어로 삼는 사업가들의 다이어트 법을 따르는 것은, 비슷하게 말이 되고, 또 비슷하게 비합리적이지 않을까? 뭘 하든 안 하는 것보다는 훨씬 나을 테다.

아무튼, 내게는 전남친 격인 '페리스 루틴'은, 아스프리보다 더 심했다. 무려 5분 컷이었으니까. '페리스 루틴'은 준비 동작과 플랭크, 캐틀

밸 스윙으로 이루어진다. 호다닥 해치우면 5분 만에 끝낼 수 있었다. 사업가인 '팀 페리스'도 마찬가지로 책을 여러 권 냈고, 나는 그의 책을 모두 읽었지만, '오! 이거라면 나도 할 수 있겠다' 하는 운동법은 이거 하나였다.

아! 혹시나 오해는 없기를 바란다. 아스프리든 페리스든, 호랑이든 나무늘보든, 내 운동루틴을 추천하는 게 아니다. 오히려 그 반대다. 뭐가 됐든 한 가지 운동만을 오랜 기간 반복하는 건 무식한 짓이다. 특정 부위의 부상이나 불균형 발달을 불러올 수도 있고, 시간이 흐를수록 운동 효과도 줄어들기 때문이다. .... 그렇다. 나는 알면서도 무식한 짓을 반복하고 있다. 이건 내게 뭐.... '아몰랑' 영역이다. 내 몸이고, 내 맘이니까 말이다. 하지만 누구에게도 나의 '아몰랑'을 추천할 수는 없지 않은가.

내가 당당히 추천할 수 있는 건, 아스프리와 페리스의 운동법이 아니고, 그들이 쓴 책, 거기 남긴 그들의 신박한 세계관이다. 혹시라도 이 수다글을 보고 내가 했던 것들을 맥락 없이 따라 하는 사람은 없기를 바란다. 본인에게 맞는 운동법이란, 자기 육신을 모시고 함께 오래 살아온 본인의 경험과 느낌에 따라서만 개인별로 맞춤 선택이 가능한 게 아닐까?

각설하고, 다시 본론으로 돌아가서, '페리스 루틴' 이야기를 조금 더 하겠다. 페리스 루틴은 아스프리 루틴보다 덜 힘들긴 했지만, 몸매 유지 효과 말고는, 뭐 이렇다 할 구석이 없었다. 그야말로 얼굴만 반반한 전남친 같은 운동 루틴이었다. 성격 나쁘고, 몸도 아프고, 빚도 있는... 뭐 그런.... 아름다운 전남친과 함께하던 당시의 나는, 두어 층 계단만 올라가도 심장을 목구멍으로 토해내며 괴로워하곤 했다. 구제불능 저질 체력이었던 것이다.

그런 이유로 나는 환승이별을 감행했고, 페리스를 아스프리로 교체했다. 페리스와 함께한 지 어언 7년.... 그 정도 세월이면, 뭐 사실 헤어질 때도 무르익은 것이리라.(사람 이야기 아님. 운동 이야기임)

새로 만난 아스프리는 내 몸매뿐만 아니라 내 체력도 같이 챙겨주었다. 그래서 지금껏 2년 넘게 잘 만나오고 있었다. 하지만 오늘, 임시완 눈사람 사고를 겪으며, 아스프리가 내 공격성 멘탈까지는 커버해 주지 못함을 깨닫게 된 것이다.

페리스처럼 7년까지는 아니더라도, 아스프리가 5년은 족히 버텨주리라 생각했는데, 이렇게나 빨리, 고작 2년 만에, 교체 압력을 받게 될 줄은 몰랐다. 나는 이제 어쩌나? 어쩌야 하나?

아스프리의 유일한 단점은 고통스럽다는 것뿐이다. 그는 내게 한결 같은 몸매와 괜찮은 체력을 선물해 주지 않았던가. 어디서 아스프리처럼 나한테 찰떡 같은 친구를 또 찾을 수 있을 것인가. 흠... 아스프리를 버릴 것이 아니라, 차라리 곱빼기를 해버릴까? 주 1회 루틴을 2회로 늘려서? 그렇지만 잊으면 안 된다. 아스프리는 괴롭다. 이 괴로움을 일주일에 2번이나 감내해야 한다고? 어으으... 생각만해도 치가 떨린다.

예전에 한 번씩 건들여 본 운동을 다시 시작해 볼까? 주 1회 아스프리를 계속 만나면서, 거기에 더하는 거지. 그런데 시간이 될까? 자유시간이 생기면 달곰이랑 산책도 더 하고 싶고, 읽고 싶은 책도 줄을 서서 나를 기다리고 있는데? 그래도 운동을 더 하긴 해야 해. 보자, 보자. 예전에 내가 무슨 운동을 했더라?

전남친들 돌아보듯 전운동들 돌아보기

20대 초반에 해봤던 택견 재밌었지. 그렇게 재밌다가 2번째 레슨에서 살포시 넘어져서 다리가 부러졌었지. 보드라운 무술인 택견 수련 중에 참 지지리도 운이 없었어. 20대 젊음에도 불구하고, 한번 부러진 다리를 다시 붙이기까지 오래도 걸렸었지. 생삭이 거기에 닿자, 눈살이 찌푸려졌다. 그때 부러졌던 오른쪽 발목이 욱신거리는 기분이다. 택견은 안 되겠다. 택견의 절도 있는 버전인 태권도는 더더욱 안 되겠다. 못해. 안 해.

20대 중반에 했던 MMA도 재밌었지. 그건 다리도 안 부러지고, 몇 달이나 했는데 정말로 재밌었어. 스파링이라도 한 번 했다 하면, 온몸에 땀이 비오듯 하고, 전신의 모든 에너지를 쏟아내는 기분이었지. 주에 1번만 스파링을 해도, 눈사람 따위 절대 안 때릴 거야. 폭력성 분출로 얻을 수 있는 즐거움을 스파링에서 모두 얻어버렸을 테니 말야.

스파링 추억을 떠올리니, 문득 같이 떠오른 생각 하나. 아 맞다, 타박상. MMA를 배우는 내내 멍과 뻐근함이 사라진 날이 없었다. 맨날 삐어있고 맨날 멍들어 있었다. 어떻게 그걸 까먹었을까? 목, 어깨, 무릎, 허리가 맨날 아팠었는데. 몇 달이나 다니던 체육관을 끊었던 이유가 바로 이거였지. 도장에 갈 때마다 잔뜩 흥분해서 온몸에 상처를 주렁주렁 달고 돌아오니, 당시의 남자친구가 잔소리를 엄청 했었다.

사실은 아파서 한 달만에 그만두려고 했었는데, 그의 잔소리에 반항하느라 결국 반년이나 질질 끌면서 체육관에 다녔었다. 다 기억났다. 안돼. 안 되겠어. MMA 안 되겠어. 지금의 내 몸은 그때보다 훨씬 세심하고 부드럽게 다뤄야 한다. 나이도 먹었거니와, 이제 다치면 나만 아픈게 아니라 달꼼이와 회사 눈치까지 봐야하니 말이다. 매일 나가야 할 회사도, 매일 돌봐야 할 멍멍이도 있는데, 이제 와서 그런 격한 즐거움을 추구할 수는 없다.

그래도 재미로는 이걸 따라올 것이 없는데... 흠... MMA에서 주짓수 부분만 살짝 떼내서 그것만 하는 건 어때? 주짓수라면 누워서 뒹굴면서 하는 동작이 대부분이니 다리도 안 부러질 텐데? 근데 이건 관절기라서 다리가 부러지지 않고 빠지겠구나. 그리고 스파링 중에 삠과 멍이 발생한 순간들도 대부분 주짓수 뒹굴이 중에 생긴 일이었지. 그래도 이건 진짜 재밌는데... 고민된다.

한 번도 안 해본 운동 중에 하고 싶은 건? 많지! 한국무용, 발레, 써핑, 축구까지, 아주 다양하지! 그런데 돈과 시간이 적당히 들면서 에너지 해소 효과를 볼 수 있는 운동은? 한국무용이나 발레를 일주일에 두어번 깨작거린다고 폭력성이 해소될까? 흠... 글쎄올시다. 써핑은 일단 수영부터 배워야 하고 바다에 다니려면 차도 한 대 뽑아야 하고.... 써핑 너도 아닌 듯하다. 이제 남는 건 축구인데, 최근에 여자축구를 소재로 한 수필집을 재밌게 봤던지라, 부쩍 마음이 기운다. 나도 여자축구팀에 가입해서 거꾸로 인간들(운동을 하며 나이를 먹어서, 연배가 올라갈수록 체력 레벨도 같이 올라가는 강인한 중년 여자 사람을 뜻함. 그 여자축구 수필집의 작가가 만든 단어)도 만나고, 어? 공 좀 차고, 어? 그래 봐, 어?

이제 거의 집이다. 임시완 소년 덕에 홍시처럼 달아올랐던 볼도 어느덧 찬바람에 적당히 식어 내렸다. 중구난방 날뛰던 생각들도 대충 갈무리가 잡혀간다. 정리하면 이렇다. 운동량을 늘릴 것. 지금의 아스프리 루틴을 주에 2번 하든지, 아니면 지금처럼 1번을 유지하면서 다른 운동을 시작할 것. 주 1회 조깅을 우선 시작하고, 맘에 드는 축구단을 발견하면 한 두어번 나가서 분위기를 볼 것. 그러다 주에 1번 꼴로 신나게 놀 수 있는 축구팀을 만나면 거기에 뿌리를 내리고, 조깅은 그만 두기. 이 정도면 제2의 임시완 소년과 봉착하는 불상사는 막을 수 있지 않을까? 에너지가 쌓여서 공원 눈사람을 상대로 일진 놀이 하는 걸 멈출 수 있을 테니 말이다.

일상을 지키는 건? 닥치고 체력!

시간이 지날수록 건강에 집착하게 된다. 그럴수록 운동에 신경 쓰게 된다. 나이 들수록 운동으로 단련한 체력을 써먹어야 할 의미 있는 것들이 늘어나는 탓이다. 갈고닦은 건강으로 지켜내고 싶은 매일의 일상과 인연들 말이다.

살아있는 한, 계속 건강하려고 애써야겠다. 살다 보면 다치기도 아프기도 할 테지만, 그래도 계속 내 한 몸을 황금같이 돌보며 아끼려 한다. 소중한 것을 소중하게 여기는 일은 멈출 수 있는 게 아니니까. 모든 것을 위해 건강과 체력이 무엇보다도 간절하다. 사랑하는 일상을 지키는 건, 바로 체력이니까.

체력과 건강의 질이 한 개인의 감정과 이해와 삶의 수준에 미치는 영향력은 정말이지 놀라울 정도다. 한 시간 덜 잔 다음 날, 한 번 정도 마음대로 야식을 먹어댄 다음 날, 그 진리가 바로바로 몸으로 느껴진다. 이렇게나 사람을 바닥으로 끌어내릴 영향력이 건강과 체력에 있다. 그러니 반대로 나를 옥상으로 끌어올릴 영향력도 역시 건강과 체력에 있지 않겠는가?

이제야 달곰이는 뒤를 돌아보며 엉엉 와응응 와응 짖는 걸 멈춘다. 임시완 소년이 쫓아오리라는 두려움을 이제야 내려놓은 듯하다. '고미야, 미안해. 언니가 훨 더 짱 쎈 알파였다면, 네게 확실히 지켜지고 있다는 믿음을 줄 수 있었다면, 네가 이렇게 쫄지는 않았을 텐데 말야. 언니가 미안해.' 하고 청승도 떨어 본다.

내가 세계 최강 인간이 되어도 고미가 쪼는 순간은 언제고 있을 거고, 세계 최강이 아닌 고작 이 정도 강도의 사람을 보호자로 가지게 된 것도 고미 팔자다. 그래도 청승을 떨어서 운동량을 늘리겠다는 내 새해 결심을 담금질해 본다. 쓸데만 있다면 뭐, 청승도 맘껏 부리자. '언니가 안 쎄서 미안해'하는 청승맞은 말이나 중얼거리며 집으로 들어간다.

우리 집, 우리 보금자리라면 안 쎄도 안전하다. 곰과 나는 집에 들어와 문을 잠그고, 나른하게 긴장을 푼다. 홍시 언니는 이제 홍시가 아니고, 쫄보 개는 이제 쫄아서가 아니라 간식을 내어놓으라고 와응거린다. 아늑한 우리만의 연말 하루가 이렇게 지나간다.

일단 아스프리 플러스 조깅이지..... 그래 그렇지.... 그래.... 일단 조깅만 더 하면 되는 거지.... 어엉........

5. 멍과 나 ① : 개진상 주의! 달곰이 나가신다!

순둥이로 폭군 만드는 법

"오구오구~ 우리 곰돌이 예쁘기도 하지~ 오구구구 오구~"

달곰이의 말랑한 주둥이를 조물조물 만지작거렸다.

"어디 세상에 이렇게 예쁜 멍멍이가 있나~ 세상 어디서 이렇게 예에에
쁜~ 멍멍이가 왔나~"

달곰이가 와앙와웅 대꾸한다. 어리광인가 애교인가? 뭐가 됐든 방언
터졌다. 달곰이가 내 손가락을 핥는다. 고미의 혓바닥이 따뜻하다. 곰
돌이의 침에서는 아무 냄새도 나지 않는다. 역시 젊고 건강한 게 최고
다. 좁쌀 같은 멍멍이 앞니가 간지럽다. 방언도 우습고 앞니도 간지러
워서 나는 꺅꺅 소리를 내며 웃는다.

"곰돌아~ 우리 곰돌이 브라운 아이즈는 영롱하기가 보석 같구나~"

내 얼굴을 달곰이 주둥이에 바짝 들이댔다. 그 예쁜 갈색 눈을 가까이
에서 바라보고 또 바라본다. 고미는 그윽하게 내 눈을 마주 봐주다가,
머쓱한 듯 눈길을 피하며 뒹굴 배를 까뒤집었다. 와앙와아앵웅 방언
이 계속된다. 꺅꺅 내 웃음소리도 계속된다.

"달곰이 배 만져줄까? 복슬복슬 예쁘구나~ 어쩜 이렇게 냄새도 좋을
까 우리 달곰이는~"

뒹구는 달곰이를 따라가며 쪼물락쪼물락, 그 말랑하고 따뜻한 배를 만진다. 털북숭이 배에 내 볼을 와구와구 부빈다. 털에서는 보드라운 시나몬 향이 난다. 달곰이 목욕은 연간 행사다. 대신 매일매일 털을 닦아주는 데, 그때 쓰는 제품이 시나몬 향이다. 시나몬번 같은 우리 달곰이에게 딱 맞는 향이 아닐 수 없다.

자주 눈 맞추기, 아기 어르듯 가성으로 말 걸기, 얼굴 조물락 거리기, 장난치고 놀아주기. 달곰이가 못 견디게 사랑스러워서, 자연스럽게 나오는 행동들이다.

그렇게 와웅와웅 깔깔꺅꺅 실컷 같이 뒹굴거리다가 산책을 나간다. 대문을 나서자마자 달곰이는 흥 폭발이다. 엄청난 힘과 속도로 나를 끌고 공원으로 내달린다. 달곰이가 날뛰면 그 모습이 또 사랑스럽지만 나는 조용히 무표정을 지킨다. 집에서는 금이야 옥이야 어르고 놀지만, 밖에서는 우리도 나름 체면을 차리는 것이다. 주변에 사람이 있을 때나 못 날뛰게 할 뿐, 그저 내버려 둔다.

달곰이는 사방팔방 중구난방 공원 전체를 킁킁킁킁 냄새 맡기로 정복해 나간다. 어제도 정복했으면서 오늘도 또 정복한다. 정복자 알렉산더 멍멍이다. 뭔가 거기 냄새가 마음에 든다 싶으면 그 위에 자기도 찔끔 쉬야를 더한다. 멍멍이 세계의 좋아요 누르기라고 그러던가? 좋아요든 싫어요든 쉬야하는 꾸부정한 자세도 아오 진짜 귀엽기만 하다.

산책 중에 멍멍이 친구를 만나면 달곰이는 더 신이 돋아서 두 발을 들고 와우웅 와웅 난리가 난다. 반갑고 신나서 행패를 부리는 느낌이다. '야 너 일루와. 나한테 빨리 엉덩이 까. 엉덩이 냄새 자진 납세하라고, 빨리!' 달곰이의 와웅와웅을 번역하면 이렇지 않을까? 상대 멍멍이나 견주가 무서워하면 달곰이를 연행해서 갈 길이나 계속 간다. 하지만 대부분은 상대 멍멍이도 똑같이 반가워서 행패 부리는 느낌이고, 견주도 '어디 너 하고 싶은 대로 해봐.' 하는 느낌이라, 쌍방 간에 인사가 이루어진다.

맨날 집에만 있는 멍멍이를 안쓰럽게 여기는 것은 반려인들의 공통된 마음일 것이다. 모처럼 나온 산책길에서만은 녀석이 하고 싶은대로 맘껏 뛰게 두고 싶은 기분도 역시 공통일 것이다. 뭐 문제가 생기지만 않는다면 말이다. 공원은 그런 멍멍이와 주인들로 가득하다. 우리가 주로 산책하는 저녁 8시 정도에는 확실히 그러하다. 사방에서 알알알알 왈왈왈왈 컹컹컹컹 인사와 싸움이 난무한다. 멍멍이판 사랑과 전쟁이 따로 없다.

비반려인들이 걱정된다

열혈 반려인인 나로서는 오지랖이지만, 가끔 비반려인들이 걱정된다. 멍멍이를 무서워하는 사람들이 설 곳이 점점 줄어드니까 말이다. 지금도 우리 동네 공원은 사람판이 아니고 개판인데, 앞으로는 점점 더 개판이 되어갈 거다..

비반려인이 마치 흡연자처럼 열악한 처지에 내몰리는 것도 어쩌면 시간 문제 아닐까? 정말 그렇게 되면 억울해서 어쩌냐? 흡연이야 주변에 간접흡연이라는 피해를 끼친다지만, 비반려인은 뭘 잘못해서? 타인의 사랑스러운 반려견을 무서워해서? 그 공포의 눈빛이 반려인에게는 간접흡연처럼 스트레스가 돼서? 반려인구 증가 속도가 지금대로 라면, 반려인과 애견인이 압도적 다수가 되는 것도 금방일 텐데, 그러면 비반려인들을 얼마나 배려해 줄까? 나만 해도 우리 달곰이가 여느 인간보다 훨씬 중하고 아까운데?

나에게는 세상 사랑스러운 것이 멍멍이인지라, 공원에 사람 없이 멍멍이만 가득해도 그저 행복할 거다. 하지만 훌륭한 반려생활 매너로 무장하지 않으면, 반려인의 행복은 비반려인의 불행을 초래하기 십상일 수 있겠다. 자기 입장과 겹치는 부분이 없는 타인의 마음을 헤아리기란 얼마나 힘든 일인가. 하지만 그 어려운 일을 기꺼이 해내는 게 사람이 할 일이리라.

상상 오지랖은 이제 그만. 진짜 닥치면 비반려인 소수자를 그때 더 배려해 주지 뭐. 일단 지금, 오늘, 이 산책 중에는 우리 달곰이만 신경 쓰기로 한다.

"우웡! 아르르 웡!"
갑자기 달곰이가 펄쩍 뛴다. 나도 놀라서 상황을 살폈다. 주변에는 아무도 없고, 달곰이 뒤에 편의점 비닐봉지만 구르고 있다. 아마도 바람에 봉지가 바스락 하자, 거기에 놀란 것이리라. 떨어진 나뭇잎, 사각거리는 풀잎, 먼발치의 사람 등 대상을 바꿔가며 달곰이는 수시로 화들짝 놀란다. 산책 한 번에 네댓 번은 놀란다. 섬세한 우리 달곰이, 공주님 같기도 하지. 그때마다 나는 괜찮다 괜찮아 달곰이를 어르며 계속 가던 길을 간다.

"아르르 아르르르 알알알"
맞은편에서 아주 용맹한 기세로 우리를 향해 달려오는 말티즈씨. 녀석이 포효하듯 우리에게 짖어댄다.

"월월월 워엉왕!!!"
용맹함에 뒤질세라 달곰이씨도 같이 포효한다. 울림통이 큰 달곰이의 짖는 소리는 낮고 굵고 크다. 그 소리가 말티즈씨의 높고 앙칼진 소리와 어우러진다. 즉석해서 포효 대결이 벌어진다. 흡사 쇼미더머니 멍멍이 버전 같다.

화음이 너무 시끄럽고 우렁차서, 나도 말티즈씨 견주도 쌍방이 불편해진다. 말티즈는 목줄에 대롱대롱 매달리다 싶이 하며 견주에게 끌려간다. 달곰이도 내 무릎 밀기에 힘입어 반대쪽으로 밀려간다.

가끔 달곰이 쪽에서 먼저 포효 대결을 시작할 때도 있다. 가만히 있는 조그만 흰둥이에게 선빵으로 다가가서 아르릉 하는 것이다. 자주는 아니지만 이 주일에 한 번 정도는 있는 일이다. 희고 조그만 친구들이 뭔가 거슬리는 건가? 검고 안 조그만 자기랑 너무 달라서? 곰이 속마음이야 알 수 없지만, 나로서는 민망할 따름이다. 체급 차이가 좀 나는지라, 곰이가 그럴 때 상대 흰둥이는 겁이 날 수도 있다. 사람으로 치환하면, 대략 키 3배에 몸무게 5배인 거인이 겁을 주는 꼴이니까 말이다. 진격의 거인이 따로 없다.

그럴 때 나는, 상대 흰둥이와 그 견주에게 죄송합니다 미안합니다 사과를 마구 흩뿌리고 재빨리 그 자리를 피한다. 혹시라도 상대가 화를 내기라도 할까봐 겁도 나고, 무엇보다도 민망한지라, 나는 상대 견주와 눈을 마주칠 용기를 내지 못한다. 대신 공기 중에 페브리즈 뿌려대듯 마구 사과를 분무한 뒤 달아나는 것이다. 진격의 곰이는 무에 그리 쎙이 나는지 나에게 끌려가면서도 뒤를 간간이 돌아보며 아르릉 앙앙 훈계를 늘어놓는다.

맴매사건의 발단
아이고, 우리 곰이, 잘도 걷네~ 아이고, 우리 달곰이, 이쁘기도 하지~ 우리 곰돌이, 착하다 착해~ 예쁜 코로 뭘 그렇게 킁킁거리나~ 아이고, 욘석, 귀엽기도 하지~~ 주변에 인적이 드물어지면 여지없이 내 입에서 나오는 말들이다. 집 밖에서 아기 어르는 목소리를 내는 게 창피하기도 하지만, 씰룩쌜룩 부지런히 움직이는 달곰이의 엉덩이와 부산하게 동동거리는 뒤통수를 보고 있자니, 귀엽고 사랑스러워서 아무 말이 막 나오는 걸 막을 수가 없다.

다사다난하지만 그래도 전반적으로 달곰이와의 산책은 무척 즐겁다. 고미에게는 하루 중 유일하게 콧바람을 쐬는 자유시간이자, 나에게는 하루의 스트레스를 풀어내는 힐링타임이다. 우리 집에서 달곰이 저녁 산책은 빼먹을 수 없는 신성한 일과가 됐다. 하루의 마침표, 하루의 화룡점정이라고나 할까.

산책이 끝나가면 고미는 은근히 속도를 줄인다. 시종일관 앞서서 탐험을 이끌던 정복자 멍멍이가, 집에 돌아오는 길에는 마지못해 질질 끌려 따라나 오는 것이다. 달곰이 가시나. 집 나갈 때랑 들어올 때랑 온도 차이 너무 난다. 가끔은 달곰이가 너무 느리게 터덜터덜 걷는지라 속도를 유지하고자 내 쪽에서 조금 달려볼 때도 있다. 내가 뛰면 고미도 덩달아 뛰며 보조를 맞춰주기에, 그러면 귀가 시간을 조금 앞당길 수 있다.

산책 후에 달곰이는 밥을 조른다. 포효하고 킁킁대고 하얗게 불태웠으니 당연히 허기질밖에. 달곰이는 입이 짧다. 가리는 게 많고 사료를 잘 먹지 않는다. 그래서 이렇게 밥을 조르면 나는 신이 나서 그릇 가득 고봉 사료를 진상한다. 평소에는 사료에 입은커녕 코도 대지 않으면서, 이때만은 밥을 빨리 내놓으라고 와웅호옹와앙 재촉이 심하다. 내가 밥

그릇을 내려놓자마자 호다닥 달려들어서 와구와구 먹어댄다. 까드득 까드득 사료 씹는 소리가 경쾌하다.

내 새끼 입속으로 숟가락 들어가는 것만 봐도 배가 부르다더니, 필시 이런 기분이리라. 고미가 밥을 잘 먹어주면, 지켜보는 고미언니는 뜨끈 하게 차오르는 보람을 느낀다. 달곰이가 식욕 좋게 먹는 모습을 보면 어찌나 기분이 좋은지 없던 기운도 솟고, 사료값을 위해 기꺼이 내일 다시 출근할 기분이 드는 것이다.

"워흑…. 알알알!!"
잘 먹던 달곰이가 갑자기 현관을 향해 앙칼지게 짖는다. 먹다가 저렇 게 짖으면 사료가 콧구멍으로 나올 법도 한데, 사레 걸리는 소리를 내 면서도 콧구멍으로 사료를 뿜지는 않는다.

"쉬잇~ 우리 달곰이~ 아랫집 사람도 집에 와야지~ 조용 조용~"
달곰이 머리를 쓰다듬으며 다정하게 달랬다.

달곰이는 집 밖에서 군소리가 나면 진돗개 혈통답게 집을 지키려 한 다. 조금 짖다가 잦아들어서 지금까지 이웃 간에 갈등은 없었지만, 공 동주택에 사는 처지에, 눈치가 보일 수밖에 없다. 달곰이는 휘웅휘웅 숨을 고르고 현관을 노려본 후, 다시 밥을 먹기 시작했다. 아고, 이 하 찮고 귀여운 녀석. 무슨 일 생겨도 어차피 내 뒤에 숨어서 쉬야나 지릴

겁쟁이가 쎈 척하기는. 피식 웃음이 났다.

처음 만났을 때는 복지부동 바닥에 붙어서 벌벌 떨기만 하던 겁쟁이 달곰이가, 이제는 '이 집이 내 집이다!' 하고 활개를 친다. 이렇게 방구석 여포 노릇을 하는 달곰이를 보니, 우습고도 대견하다.

예고된 불행.... 사건의 빌드업

평소 달곰이는 텐션 레벨이 중하 정도다. 차분하고 느긋한 게 디폴트인 거다. 그런데 산책을 하고 나면, 흥분도가 높아져서 한동안 까불까불 놀고만 싶어 한다. 나는 달곰이가 이렇게 흥분하는 게 행복해하는 거라고 생각했다. 나의 감정 세계에 있어서, 흥분과 행복은 대충 한가족 한식구니까, 달곰이에게도 그러리라 생각한 거다. 산책하면 이렇게나 행복해하는구나. 달곰이가 신난 김에 공놀이도 해주고 레이저 포인터로도 놀아줘야지. 평소와 달리 급격히 상승한 달곰이의 흥분도가, 내게는 행복에 겨워 덩실거리는 것으로 보였다.

식사를 마친 달곰이가 놀자고 들이댔다. 와아앙 조르는 소리를 내며 그 촉촉한 왕코로 내 다리를 톡톡 터치하는 게 달곰이식 놀자 사인이다. 그러면 나는 언제나처럼 고양이 낚싯대와 레이저 포인터로 놀아준다. 달곰이가 신나서 뛰어다니며 팔딱거리는 게 귀엽다. 이런 속도와 점프력과 유연성이라니, 내가 놀아주는 동물이 멍멍이인가 냐옹이인가 헷갈릴 정도다. 나는 행복하고, 달곰이는 흥분하고, 그렇게 10분 정도 놀아주고 나면, 이제 다음 단계다.

나는 달곰이를 옆구리에 단단히 끼운다. 못 움직이게 하고 양치질을 시키려는 심산이다. 흥 폭발 달곰이는 당연히도 도통 양치질을 허락해 주지 않는다. 나는 칫솔을 피해 거칠게 파닥거리는 달곰이를 놓치고 만다. 자유를 얻은 녀석은, 총알처럼 우다다 우다다 온 집안을 뛰어다니기 시작했다.

의무감이 불탄다. 내 개의 구강 건강은 내가 지켜야 한다. 양치질을 마저 시키기 위해 달곰이를 쫓아서 나도 온 집안을 뛰어다녔다. 스피드에 있어서 나는 곰이의 며느리발톱만도 못하다. 고미는 느림보 언니를 놀리듯 쏙쏙 잘도 피해 다닌다. 고작 15평 남짓의 집 안에서 어떻게 이다지도 잘 도망가는지 신기할 지경이다.

"요놈! 잡았다! 양치질 마저 해야지!"
지형지물을 활용해 겨우 달곰이를 사로잡고, 다시 옆구리에 끼운다. 고미가 한층 더 싱싱한 활어처럼 파다닥 파다닥 날뛴다.

그 와중에 내 손과 달곰이 이빨 사이에 충돌사고가 생긴다. 살짝 까지면서 욱신욱신 통증이 몰려왔다. 손가락이 아프다. 화가 난다. 나는 육신이 아프면 일단 화부터 버럭 치솟는 못난이 타입이다.

또 달곰이를 놓쳤다. 다시 자유를 얻은 싱싱한 활어 달곰이는 한층 더 기고만장해져서 집안을 발광하며 뛰어다닌다. 우다다 우다다 미친 듯 날아다니다가, 침대 위에 올라가서 침대 커버가 모두 흩어지도록 제자리에서 뱅글뱅글 뺑뺑이를 돌아댄다. 네 발 짐승의 격렬한 우다다와 뺑뺑이에, 바닥에 깔린 조각 카펫이 흩어지고, 침대보가 벗겨지고, 달곰이 물그릇도 엎어진다. 그 꼴을 보니 손가락이 더 아프다. 화가 뻥튀기 된다.

맴매사건 발발! 사랑의 매(?)를 휘두르다

이것은 훈육이 필요한 상황이다! 주인을 물고(?) 반항하다니, 혼나야 한다. 혼내지 않으면 달곰이가 되바라질 거다. 달곰이를 위해서라도 훈육을 해야 한다. 때리자!

이런 논리로, 쥐어패기 위해 달곰이에게 다가갔다. 침대 위에서 뺑뺑이를 돌다가 잠깐 멈춘 틈을 타서 달곰이를 정면으로 마주했다. 잡으려고 손을 뻗으면 달아나지만, 그냥 대지 상태에서는 달아나시 않았다. 이때다!

"이눔시키! 이눔시키! 어디 언니를 물고 달아나! 이이 나쁜 시키!"
달곰이의 코와 대가리를 손바닥으로 팡팡 때려주었다. 정말 다칠 정도로는 당연히 아니고, 그렇다고 장난치듯 톡톡 건드리는 것도 아니었다. 실제로 달곰이가 통증을 느낄 정도로 육중한 그런 강도였다.

노는 줄 알았다가 졸지에 얻어맞은 곰돌이는 당황해서 1초간 얼어 버렸다. 곧 얼음이 풀린 녀석은 엄청나게 억울한 표정으로 알알알 짖었다. 짖는 소리가 범상치 않다. 지금까지 들어본 적 없는 톤이었다. 옥중에서 춘향이가 억울하오~~ 하고 한가락 뽑아내는 듯한 그런 울부짖음이랄까. 표정도 슬프고 황당하고 성질나 보였다. '언니 뭔데! 왜 갑자기 때려! 나 아파! 신나게 놀아주다가 내가 뭘 잘못했다고 때려! 언니 미워! 언니 바보! 엉엉엉'이런 느낌이었다. 어찌나 서럽게 짖어대는지 더 때리면 피라도 토할 기세였다.

녀석이 피를 토하면 어디 나라고 무사하겠는가? 나는 쌍방 유혈사태가 벌어질까봐 서재로 도망쳤다. 겉모습은 '충분히 때릴 만큼 때렸으니 이제 나는 볼일 다 봤다 쳇' 뭐 그런 기세로.

달곰이는 한동안 안방에 혼자 우두커니 있었다. 그러다 비척비척 서재로 왔다. 나라 잃은 표정이었다. 몇 분 전까지 억울하다고 항의하던 멍멍이가, 이제는 완전히 주눅이 들어 쭈굴쭈굴 찌그러져 있었다. 꼬리는 아래로 축 처졌고, 온몸에 기운이 마지막 한 방울까지 쪽 빨려나간 모양새였다. 마치 처음 만난 그날처럼 위축되어 있었다. 내가 손가락만 튕겨도 무서워서 오줌을 지리던 그때 그날처럼.

맴매사건에 대한 달곰이의 입장
찌그러진 달곰이를 보고 있자니, 이건 또 이것대로 못 할 일이었다. 관심과 사랑을 뿜뿜 불어넣어 애지중지 겨우겨우 찌그러진 열기구를 부풀려 놓았다. 그런데 이제 그 열기구가 추락했다. 코 좀 몇 번 쥐어박았다고, 기구에 빵꾸가 나버린 거다. 나와 눈도 마주치지 못하고 바닥만 내려다보며, 달곰이가 슬금슬금 서재를 맴돈다. 조심조심 내 눈치를 살피는 모양새다.

천불이 났다. 손가락이 아파서 났던 화와는 다른 종류의 화가 났다. 더 많이 많이 났다. 한번 버려졌던 아이에게, 다시 버려질지도 모른다는 두려움을 느끼게 만들어 버렸다. 진짜 물린 것도 아니고, 장난치다가 서로 스친 거에 혼자 발끈해서는, 언니답지 못하게 애를 때리다니. 훈육이라고 합리화하기는 했지만, 사실 뭐가 훈육인가? 그냥 화나서 때리고 싶으니까 때렸다. 내 성질 풀려고 화풀이로 때린 거다. 훈육은 개뿔. 달곰이가 잘못을 깨닫고 성장하게 돕는 게 훈육인데, 이건 정말 아니었다. 달곰이는 사실 영문도 모르고 맞은 거다. 달곰이 입장에서 보면 이렇지 않을까?

〈언니랑 산책을 했다. 신난다. 언니가 밥도 주고 놀아도 줬다. 더 신난다. 내가 신나 하니까 언니도 기뻐하는 듯하다. 그래서 언니를 위해서 더 신나 줬다. 놀던 중에 언니가 솔 달린 막대기로 터그놀이를 하자고 했다. 나는 이 막대기가 싫다. 터그놀이는 매듭이나 수건으로 해야하는데 언니는 가끔 이런다. 그래도 언니가 원하니까 적당히 받아줬다. 그런데 언니가 갑자기 얼굴을 때렸다. 별이 핑 돌았다. 엉? 뭐지? 같은

편끼리는 때리는 거 아닌데? 달곰이가 싫어진 거야? 또 쫓겨 나는 건가? 무섭다.〉

달곰이 표정으로 짐작하건대, 이것보다 더 처량한 생각을 하면 했지, 다른 밝은 생각을 하고 있지는 않을 거다.

나 자신에게 화가 난다. 훈육이라는 명목의 '사랑의 매' 따위 혐오한다. 그 따위는 나도 어릴 때 겪어봤다. 때리는 어른 기분만 풀리지, 맞는 아이 입장에서는 절대로 사랑이 아니다. 배우는 것도 없다. 교훈도 없다. 매를 맞고 남는 건 오로지 내가 안전하지 않다는 두려움과 어른들의 눈치를 살피는 기술 정도다. 그런 걸 경험으로 알고 있는 내가, 우리 달곰이에게 훈육이랍시고 매질을 했다. 자기혐오로 화가 난다. 풀 죽은 고미를 보니 속이 쓰리다.

나는 네 편이고, 내가 너를 지키고 돌봐줄 거라고. 여기 이 집이 네 집이고, 여기서 너는 안전하다고. 이제 다시는 누구도 너를 아프게 하거나, 함부로 대하거나, 버리지 않는다고. 우리는 한 무리 한 패라고. 이 마음이 달곰이에게 닿게 만들기 위해, 내 나름대로 신경 써 왔다. 세상 쫄보 달곰이가 나에게만은 치대면서 깨방정을 떨던 것은, 저 마음이 조금이라도 닿았기 때문이리라.

달곰이 안에 뿌리내렸을 저 마음이, 아마도 오늘 내가 녀석을 쥐어패서 얼마간 무너졌을 터다. 얼마나 많이 무너졌는지는 잘 모르겠다. 몽땅 무너져서 하나도 안 남았는지, 찌끔 무너져서 금방 다시 건강하게 만들 수 있을지, 시간이 좀 흘러봐야 알 수 있을 것 같다.

여전히 우리가 한 패라는 사실, 결코 자기가 또 버려지지 않는다는 사실을 달곰이에게 알려주고 싶다. 그럼 저렇게까지 세상 잃은 표정을 하지는 않을 텐데. 하지만 말로 해봐야 당연히 이해하지 못할 거다. 우리 달곰이가 총명하기는 하지만, 사람 말을 그 정도로 이해해 줄 거라고는 생각할 수 없다.

만에 하나 달곰이가 사람처럼 내 말을 곧이곧대로 다 이해한다고 해도, 말은 말일 뿐이다. 너 잘되라고 때리는 거라는 말이 어린 시절 내게 단순 뻘소리로만 들렸듯, 여전히 우리가 한 패라는 말도 지금의 달곰이에게는 뻘소리로만 들리지 않을까? 달곰이가 나의 행동과 태도를 보고 스스로 '나는 안전해. 언니는 여전히 내 편이야'하는 믿음을 다시 가지기까지는 시간이 좀 걸릴 거다. 위축된 달곰이가 안쓰럽다. 일은 내가 쳤는데, 힘든 건 달곰이라니, 불공평하다. 찌그러진 달곰이를 보는 내 마음도 같이 찌그러지니 딴에는 공평하다고 볼 수도 있으려나?

언니가 부족해서 미안해, 달곰아. 내 가여운 털동생아. 착하고 순한 너랑 이러고 있는 걸 보니, 분명 내가 뭔가 바보짓을 하고 있는 걸 거야. 언니가 모르면, 부족하면, 우리 달곰이가 힘들겠구나. 언니가 너에 대해 알아야, 달곰이 마음을 지켜줄 수도 있겠구나.

노트북을 켜고 인터넷 서점에 접속한다. 서재 한 구석에 달곰이가 짱박혀 있다. 나는 노트북을 들고 달곰이 곁에 가서, 함께 바닥에 앉는다. 달곰이가 불안하게 눈동자를 굴린다. 하지만 자리를 옮기거나 아르릉 싫은 내색을 하지는 않는다. 나는 무심함을 가장하며 느릿느릿 움직인다. 미안하다고 우쭈쭈쭈 어르고 달래는 행동이 어쩐지 지금의 달곰이를 더 불안하게 할 것만 같아서다.

나는 멍멍이 관련 책을 고르고 골라 몽땅 주문했다. 책을 고르는 사이 한동안 시간이 흐른다. 달곰이의 긴장이 조금 풀린 듯하다. 나는 조용히 손을 뻗어 녀석의 등허리를 살살 어루만졌다. 손이 닿자 달곰이가 움찔한다. 불안한지 코를 몇 번 핥고 눈도 굴린다. 그래도 나는 계속 무심함을 가장하며 느릿느릿 손을 움직였다. 달곰이가 아주 소심하게 할짝 내 손을 핥았다. 만지지 말라는 경고의 뜻인지, 아니면 이제 싸우지 말자는 화해의 뜻인지, 도통 알 수가 없다. 하지만 뜻이야 어쨌든 달곰이는 여전히 한없이 보드랍고 따뜻했다.

6. 멍과 나 ② : 최소한의 훈육만은 필요한 이유

무엇이 개를 힘들게 하는가

다음날부터 주문한 책들이 속속 도착했다. 모두 읽기까지 그리 오래 걸리지도 않았다. 이 책들은 다양한 관점과 정보를 제공했으며, 헛소리와 안 헛소리가 정신없이 섞여 있었다. '멍멍 착해 닝겐 나빠' 같은 감성팔이나, '우리 훈련소로 오세요' 하는 홍보물은 걸러냈고, 실제로 도움이 될 것 같은 조언은 일상에 적용해 보기로 했다. 퇴근해서, 멍멍이를 산책시킨 후, 멍멍이 곁에 앉아, 멍멍이 책을 읽는 나날이 이어졌다. 맴매 사건 후, 달곰이 눈빛에서 위축된 기색이 사라지기까지는 닷새가 걸렸다.

개가 말을 못 한다는 사실 때문에, 멍멍이 훈육 책은 다들 어느 정도씩 판타지 같은 구석이 있다. 승률이 3~7할 정도인 실용적인 조언과 저자의 주관이 담뿍 담긴 판타지 스토리텔링을 섞어서 제공하는 것이다. 하긴, 말이 통하는 사람 어린이의 교육에 대한 이론도 시대에 따라 유행을 타며 이랬다저랬다 하는 상황이니 말해 무엇하겠는가. 그래도 답을 모르겠다고 아무것도 안 하는 건, 안 될 말이다

그런 의미로 〈무엇이 개를 힘들게 하는가〉라는 책은, 지금의 내게 가장 합리적인 관점을 제공했다. 나는 이 책을 바탕으로 달곰이와의 관계

개선을 위한 계획을 세웠다. 비록 이 책의 관점이 최선은 아닐 수도 있지만, 더 나은 방법을 찾을 때까지는 이를 취하려 한다. 그렇게 이 책의 관점이 옳다고 가정하고, 고미와의 관계와 맴매사건을 반추해 보았다.

책을 읽으면 읽을수록 '모든 문제는 결국 나였구나' 하는 피할 수 없는 깨달음이 다가왔다. 머릿속에 하나하나 오답노트가 쌓여갔다. 양이 엄청났다. 내가 일상적으로 해온 거의 모든 행동이 멍멍이의 비행을 조장하는 짓이었다. 무식이 죄요, 내가 죄인이었다.

책을 요약하면 이렇다. 주인이 믿음직하지 못하면 멍멍이는 제가 주인을 보호하고 이끌어줘야 한다는 책임감을 느낀다. 그렇게 스트레스를 받으며 심신이 피로해진 멍멍이들은 다양한 문제 행동을 보인다. 문제 행동을 해결하기 위해, 무엇보다도 반려 멍멍이의 스트레스를 풀어주기 위해, 주인은 강건한 대장, 즉 든든한 어미 개의 역할을 해내야 한다. 책은 개의 생태와 무리 속 행동을 분석하며, 멍멍이 월드에서 대장의 행동은 무엇이고, 똘마니의 행동은 무엇이며, 관계 예절은 무엇인지 알려준다. 평화로운 반려 생활을 위해, 주인은 똘마니 같은 행동을 피하고, 대장님이 할 법한 태도를 갖춰야 하는 것이다.

안타깝게도, 사람이 예쁘고 귀여운 것을 대할 때 자연스레 하는 행동들은, 멍멍이 월드에서 똘마니가 보이는 행태와 유사하다. 눈 맞추기, 간드러진 목소리로 말 걸기, 멍멍이 얼굴 조몰락거리기, 집 안에서 티

격태격 놀아주기 등. 멍멍이 월드에서는 새끼나 약한 녀석들이 주로 먼저 눈을 맞추고, 낑낑거리고, 상대의 얼굴을 핥고, 놀자고 까불거린다. 나는 지금까지 자처해서 '난 네 똘마니야, 달곰아. 네가 언니를 지켜야해'라고 행동으로 말하고 있었던 꼴이다.

그나마 달곰이가 이미 2살 성견인 상태로 나를 만났다는 점이 다행이었다. 달곰이가 어린 강아지였다면, 나의 예뻐함으로 인해 정말 망나니가 되었을 수도 있다. 달곰이가 수더분한 성품에 이미 성장이 끝난 상태로 내게 왔기에, 내 예뻐함이 달곰이를 크게 망쳐놓지 않을 수 있었던 거다.

산책 중에 다른 멍멍이들과 열심히 인사를 시키는 것도 문제의 소지가 있다. 또, 산책을 시작하고 끝낼 때, 후다닥 속도를 내는 것도 역시 그렇다. 산책 중에 다른 멍멍이의 마킹 냄새를 맡도록 하는 것도 멍멍이로 하여금 '내가 대장이다' 하는 생각을 품게 만들 수 있다. 멍멍이가 그렇게 생각하기 시작하면 멍멍이도 주인도 고생길이 열리는데 말이다. 반면, 함께 조깅을 하거나, 집 밖에서 노즈워크 같은 놀이를 하면, 멍멍이가 대장부심을 품지 않고 스트레스를 풀 수 있단다.

대장 멍멍이 흉내내기

멍멍이 월드의 대장님은 어디에 가든 본인이 앞장선다. 때문에, 집에 들고 날 때 주인이 앞장서야 한단다. 그래야 대장답기 때문이다. 또 대장님은 본인이 실컷 포식한 후에야 똘마니들이 식사를 하도록 자리를 비켜준다. 대장님이 아직 먹는 중인데 감히 주둥이를 들이대는 똘마니는, 대가리를 물리는 등 호된 문책을 당한다. 때문에, 사료를 배식할 때 주인은 그걸 먹지는 않을지언정 '이것은 내 것이다' 하고 멍멍이가 알도록 한 후에 내주어야 한단다. 잠깐 사료 그릇 곁에 머물며 멍멍이를 밀어내다가 몇 초 후 천천히 자리를 피해주는 식으로 말이다. 사료 그릇을 내려놓자마자 아직 주인이 자리를 비켜주지도 않았는데 주둥이를 들이밀면, 대장님답게 훈육을 시전해야 한다. 먹으려고 하는 게 사랑스럽고 귀엽더라도, 바로 이런 순간이 훈육의 순간이란다. 개와 나의 관계 예절을 바로잡고, 나의 소중한 개가 대장이 되는 스트레스를 받지 않도록 지켜줘야 하는 순간 말이다.

우리 달곰이는 '주인이 떠나기를 기다렸다가 밥 먹기'를 단 한 번 만에 깨달았다. 내가 달곰이의 대가리를 물거나 쥐어박을 필요도 없었다. 사료 그릇을 내려놓고, 언제나처럼 바로 주둥이를 파묻으려는 달곰이를 손바닥으로 스윽 밀었을 뿐인데, 그렇게 두어 번 밀고 나니, 고미는 더 다가오지 않고 자기 순서를 얌전히 기다려 주었다. 침을 줄줄 흘리면서도 착실하게 기다려 준 달곰이가 얼마나 대견하던지! 내가 느릿느릿 자리를 뜨면, 달곰이는 그제야 다가와서 밥을 먹기 시작했다. 밥상머리 교육 대성공이었다.

달곰이를 이해하는데 다양한 책들은 많은 도움이 됐다. 뭐 그게 다 맞는 소리겠냐 만은, '그럴 수도 있겠구나' 정도로 사고를 틔우는 것은 충분히 가치 있었다.

좋다는 모든 조언을 다 따르고 있지는 않다. 할 수 있는 몇 가지만 골라서 실천하고 있다. 우리 달곰이가 질풍노도 개춘기 시절을 지나고 있는 것도 아니고, 심각한 문제 행동을 보이는 것도 아니기 때문에, 적당히 마음 놓고 살아도 되겠다는 판단이 들어서다.

내가 실천하는 최소한의 훈육법은 세 가지다. 첫째, 밥 줄 때 5초 정도 기다리게 하기. '먹이는 언니가 먼저 먹는 거야. 언니가 대장이니까!' 뭐 이런 뜻이다.

둘째, 달곰이가 전봇대를 킁킁거리는 시간이 길어지면, 무릎으로 달곰이를 슥 밀어 버리기. 조심히 밀어야 한다. 속도 조절 못 하면, 미는 게 아니고 차는 게 돼 버리니까. '주변에 어떤 녀석들이 있는지 탐색하는 건 언니가 할 일이야. 여기는 언니 나와바리고, 언니가 대장이니까!' 대충 이런 뜻이다. 신기한 것은, 이렇게 고미의 킁킁이를 방해하기 시작한 후로, 다른 멍멍이들에게 고미가 먼저 시비를 거는 일이 확연히 줄었다는 거다. 둘 사이에 어떤 연관이 있을지는 확실치 않지만 말이다.

셋째, 산책 전후로 흥분도 낮추기. 산책을 막 시작할 때, 그리고 산책을 막 끝낼 때, 이때만은 의식적으로 아주 느릿느릿 움직인다. 내가 느리게 움직이면 자연스레 달곰이도 흥분을 가라앉히기 때문이다. 움직임도 느리게, 말도 저음으로 느리게 한다. 기껏해야 '기다려' '하지마' 이정도의 말이지만, 느리게 낮은 음성으로 하는 말은, 달곰이도 더 듣는 척을 해주는 것이다. 슬개골이 안 좋은 달곰이는, 집을 나갈 때도 들어올 때도, 내 품에 안겨서 계단을 오르내린다. 그 덕에 대장이 먼저 문을 나서야한다는 원칙도 얼결에 지키고 있다.

로또 멍멍이, 우리 달곰이

멍멍이가 흥분하는 게 꼭 행복을 의미하는 것은 아니란다. 대부분의 문제 행동과 사건 사고는 흥분 상태에서 벌어진다. 그러니 멍멍이의 안위를 걱정하는 견실한 주인이라면, 멍멍이가 과도하게 흥분하지 않도록 수시로 관리해 줘야 한단다.

달곰이는 산책 전후로 특히 흥분한다. 멍멍이의 흥분이 관리 대상이라는 것만 알았더라도, 그날의 맴매사건은 벌어지지도 않았을 것이다. 역시 모르는 게 죄요, 병이다.

요즘에는 달곰이가 산책 후에 흥분해서 우다다 **빵빵이**를 하는 일이 없다. 내가 일부러 막아서 그러는 것이 아니다. 느릿느릿 조용조용 움직이는 나의 존재가, 달곰이를 진정시켜서 그렇게 된 모양이다. 달곰이는 집 안을 뛰어다니지도, 이불과 카펫을 망치지도, 양치질을 거부하지도 않는다. 서로를 대하는 법을 배웠기에 우리의 일상은 이토록 한결 편안해졌다.

간드러진 목소리로 괜히 말 걸기, 예쁘다 예쁘다 조몰락거리기, 꿀이 뚝뚝 흘러넘치는 눈으로 달곰이랑 눈 맞추기, 이놈들 삼대장은 그냥 받아들이기로 했다. 달곰이 스트레스 경감을 위해 이런 행동들을 한 번 끊어 본 적이 있는데, 내 쪽에서 사는 맛이 뚝 떨어져서 못 해먹겠 더라. 그래도 이런 행동이 달곰이를 불안하게 할 수도 있다는 걸, 이제 는 안다. 그렇기에, 남용하지는 않으려고 신경 쓰고 있다.

우리 달곰이는 로또다. 가르쳐준 적도 없는데 응쉬해야 할 곳에만 응 쉬를 한다. 순하고, 차분하고, 저지레도 없다. 분리불안도 없고, 내가 출근하고 퇴근해서 돌아오기까지 그 긴 시간을 탈 없이 몇 년째 잘 버 텨주고 있다.

내가 달곰이에게 불만이 있다면, 이 언니를 향한 애교나 질투가 없다 는 것, 오로지 그 뿐이다. 달곰이는 질척거림을 허락지 않는다. 내가 강 제로 안고 있으면 한 2분 정도 참아 주다가, 꾸물꾸물 버터처럼 미끄 러져 달아나 버린다. 먼저 앵기거나 안기는 법이 없다.

그런데 알고 보니, 이런 쉬크함은 멍멍이의 건강한 내면세계의 표현이 라고 한다. 주인에게 애교를 부리고, 관심을 갈구하고, 주인이 예뻐하는 대상에 질투를 보이는 것은, 그다지 건강한 행동이 아니라는 중론이다. 아직 멍멍이 정신 분석계의 지그문트 프로이트나 칼 융이 등장하지는 않았으니, 앞으로 멍멍이 정신세계에 대한 정보는 얼마든지 바뀔 수 있다. 그래도 아직까지 밝혀진 바로는 '달곰이의 정신이 몹시 건강하고 독립적이며, 그 부작용(?)으로 애교와 질투가 없다' 뭐 이 정도다. 아아 역시 달곰이는 로또가 맞는다.

멍멍이 대장과 닝겐 똘마니

언제나처럼 나선 산책길, 잘 가고 있는데 곁에서 앙칼지게 알알 거리는 소리가 들려온다. 돌아보니 찜빵 크기의 흰색 푸들이 짖고 있다. 녀석은 아주 포악하게 쐑쐑거리며 두 발로 서서 어떻게든 이쪽으로 달려오려고 버둥거리고 있었다. '너랑 나 둘 중에 한 놈은 여기서 끝장을 보자' 이런 기세다.

"넌 쟤한테 한 입거리도 안 돼, 정신차려. 허허허."
찜빵이 주인 아저씨가 녀석을 잡아끌며 달랜다.

달곰이는 살짝 불안한 기색으로 내 눈치를 살핀다. '어떡해, 언니? 조져? 아님, 튀어?' 이렇게 묻는 눈치다. 대견하게도 마주 짖지는 않는다. 에구 우리 곰돌이 착한 거.

나는 걷던 속도를 더 늦춘다. 낮고 느긋한 목소리고 '가자' 하고는, 찜빵 쪽으로는 눈길도 주지 않는다. 별것이 아니라는 상황을 파악했으니, 무시하고 가는 게 최선이다. 무시하는 태도는 최대한 느리고 느긋할 것. 뒷산 최강자 호랑이가 귀뚜라미 울음소리 무시하듯이, 딱 그 정도의 느긋함으로 계속 갈 길을 간다.

내 행동에 반응해서 달곰이도 느긋한 발걸음으로 종종종 내 곁을 따라 걷는다. 시종일관 알알알 찜빵이가 짖어댄다. 아저씨도 허허허 계속 줄만 잡고 있다. 짜증이 난다. 하지만 달곰이를 위해 느긋함을 유지하며 아주아주 서서히 찜빵이로부터 멀어질 뿐이다.

예전에는 짖어대는 상대 개새끼에게 주로 짜증이 났다. 컨트롤 못 하는 주인도 짜증스럽지만, 원흉은 개새끼라고 생각했다. 잘 가고 있는 우리 고미한테 왜 짖고 지랄인가 개스키들아. 하지만 이제는 생각이 달라졌다. 우리를 향해 포악하게 짖던 찜빵이는, 어쩌면 저와 제 똘마니를 지키려는 것이었으리라. 제 몸집의 족히 열 배는 더 큰 우리 달곰이를 상대로, 그 쪼끄만 것은 어쩌면 격렬한 공포를 무릅쓰고 쎈 척을 하고 있었는지도 모른다.

찜빵이네 아저씨와 가족들은 그저 순수하게 찜빵이를 예뻐했을 터다. 무엇이 개를 힘들게 하는지 알아보고자 하는 노력은 아마도 없었을 거다. 그 조그만 아이는 집에서 애지중지 예쁨 받으며, 원치도 않는 대장의 자리에 올랐으리라. 그 작은 몸으로 무리를 지키는 대장이 되었으니, 어쩌면 스트레스가 클 수도 있다. 문제 행동은 곰팡이처럼 계속 번지기 마련이고, 스트레스는 몸과 마음에 병을 불러오는 원흉이다. 아저씨는 자기가 예뻐만 해서 멍멍이 버릇이 좀 나빠졌으려니 허허허 하고 말 것이다. 자기가 똘마니 역할을 자처해서 작은 찜빵이가 힘들어하고 있을 수도 있음은 상상하지 못할 것이다.

찜빵이의 앙칼진 소리는 거슬리지만, 책이 말해준 게 사실이라면, 찜빵이는 불쌍한 녀석이다. 어느 날 회사에서 실무자인 나에게 갑자기 부서장 역할을 시켜버린다면? 나는 잠도 못 자고 스트레스에 코피를 쏟다가 조만간 병가를 쓸 거다. 개인마다 감당할 수 있는 책임 그릇이 있는 법이다. 그릇이 넘치면 그건 오롯이 본인을 해치는 독이 된다. 찜빵이는 자기를 귀여워만하는 아저씨 탓에 그 독 속을 헤엄치고 있을지도 모른다. 자진해서 똘마니가 되는 견주들이 좀 줄었으면 좋겠다. 그래야 대장질로 괴로워하는 멍멍이들이 같이 좀 줄 테니까.

훈육은 사랑의 고급 형태다. 다들 무엇이든 사랑을 한다. 그 사랑이 얼마나 고급진지는 다 다르겠지만 말이다. 나 자신을 위한 사랑과, 고미를 향한 사랑이 충분히 고급진 모양새를 갖추도록 노력해야겠다. 내 성격을 못 이겨서 내지르는 짓거리에 훈육이라는 이름표를 붙이지는 말아야지.

뭐가 찐 훈육인지, 이제 조금은 감이 잡힌다. 훈육이란, 오롯이 받는 쪽을 이롭게 하기 위해, 하는 쪽의 살을 깎아 받는 쪽에 먹이는 일이다. 웬만큼 아끼는 상대가 아니라면 그냥 안 하고 말 정도로 힘든 일인 것이다.

이제 아주 조금은 고미를 이해한다. 이해하게 도와주는 선생님들과 책들이 점점 많아지고 있다. 정말 감사한 일이다. 덕분에 이제 고미에게 최소한의 훈육이라도 해줄 수 있게 되었으니 말이다. 그럴수록 달곰이가 조금씩 더 평안해지는 게 눈에 보인다. 사실 고미에게 뭔가를 가르쳤다기보다는, 개를 대하는 예절을 내 쪽에서 배웠다는 게 더 맞는 말이리라. 고미는 시작부터 예의 바른 멍멍이였다. 그 멍멍이를 대하는 예절을 이제야 이 무식쟁이 언니가 이해하기 시작한 것뿐이다.

아아 역시 고미는 로또다. 업 다운 굴곡이 있어도 사랑하는 대상이 있음은 큰 축복이어라. 훈육할 대상이 있음도, 훈육씩나 해주고 싶은 애정이 있음도, 정말 큰 축복이어라.

7. 머리는 안 감아도 멍멍이 산책은 챙깁니다

회장님과 사장님과 폭력 청소년들

언제나처럼 회사 복도를 걷고 있다. 맞은편에서 회장님(대통령을 말한
다)과 사장님(도지사를 뜻한다)이 도란도란 이야기를 나누며 내 쪽으
로 오고 있다. 높은 사람이 오면 일단 피해야 한다. 그쪽에서 툭 던지
는 말은, 내게 오면 묵직한 일이 되어 버리니까. 사장님이 가볍게 지나
가는 말로 '그 뭐시기 거 있잖아. 좀 알아봐요' 했다고 하자. 그러면 그
순간부터 나, 팀장님, 과장님, 국장님, 비서실을 오가는 업무보고 저글
링이 시작된다. 아 짱 괴로워지는 거다.

잽싸게 몸을 돌려 왔던 길로 되돌아간다. 아주 잰걸음으로. 회장님과
사장님은 대화에 열중하고 있어서 내가 오락가락하는 걸 못 봤을 거
다. 도망가면서도 이상하다고 생각한다. 회장님과 사장님은 노선이 달
라서 서로 앙숙 아닌가? 무엇보다도 회장님이 왜 청와대에 안 있고 도
청까지 온 거지? 이런 일은 없는데? 기이한 일이다. 여하간 어쩌나. 일
단 도망가야지 뭐.

계단을 오르고 여러 개의 복도를 지나 그들로부터 멀어졌다. 이제 안
심이다. 그나저나 오늘 회사에는 사람이 별로 없다. 늘 공무원으로 득
시글 한 곳인데, 이것도 이상하다.

계속 가다 보니 앞에 고등학생 한 무리가 모여있다. 도청에 웬 고등학생? 오늘은 정말 이상한 날이다. 복권이라도 사야 하나? 고민하는 사이, 무리 중 한 녀석이 복도에 진열된 도자기를 밀어서 깨뜨린다. 아주 고의적인 기물파손이다.

"학생, 그거 깨트리면 안 돼요."
회사를 부수는 청소년들을 상대로 올바른 회사원이 당연히 할 법한 말을 했다. 하지만 듣는 아이들은 생각이 다른 모양이다. 녀석들의 눈이 금방 세모가 됐다. '넌 뭐야 감히'하는 강렬한 반감을 담은 눈들이 나를 노려본다.

"야! 죠졌!"
무리 중 한 녀석이 외쳤다. 예닐곱 명의 십대들이 우르르 나를 향해 몰려온다. 어디서 났는지 갑자기 다들 손에는 각목을 하나씩 들고 있다. 두 번 생각할 것도 없이 나는 바로 뒤돌아 줄행랑을 친다. 회장님, 사장님, 성난 불량 청소년 패거리.... 오늘 일진 왜 이러나. 반드시 복권을 사고 말리라 다짐하며 나는 최선을 다해 달리고 또 달린다. 하지만 쫓아오는 청소년들을 따돌리지 못한다. 잡히면 엄청 맞을 거다. 온몸에 땀이 비오듯 흐른다. 목에서 피 맛이 난다. 으아아아. 다리야 날 살려라. 제발 더 빨리 움직여줘!

헉! 이불을 차며 눈을 떴다.
악몽이다. 식은땀이 흥건하다. 달곰이가 다가와 내 얼굴을 핥는다. 거 참 꿈자리 한번 사납네. 얼마 만에 꾸는 악몽인지 모른다. 달곰이랑 같이 살고부터 악몽은 거의 안 꿨는데 말이다. 회장님, 사장님, 각목, 불량 청소년.... 마음이 복잡하다.

예지몽의 실현

얼마 후, 사건이 터졌다.

달곰이랑 나는 시골에 있는 한 청소년수련원에서 1박2일을 머물게 된다. 놀고먹는 캠핑을 즐기러 간 것이라면 얼마나 좋았으랴만, 실상은 2023년 대한민국 여름을 더럽게 달군 새만금 잼버리 뒷수습을 하느라 동원된 거였다. 멀미를 화끈하게 하는 달곰이는 내 품에 안겨 관차에 실렸고, 두 시간 가까이 헥헥헥헥헥헥헥 엄청나게 침을 흘렸다. 귀한 내 개동생에게 탈수라도 올까봐 어찌나 무서웠는지 모른다.

애초에 1박2일이 될 줄 알았다면 나 혼자 고생길에 나섰을 거다. 하지만 어떤 가이드도 매뉴얼도 없이 '새만금에서 혹사당한 외국 애들을 호스팅하라!'는 기한 없는 임무에 내던져진지라 그 출장이 한 달이 될지 한 주가 될지 확실치 않은 상황이었다. 그래서 배변패드 한 박스와 사료 반 포대를 차곡차곡 챙겨서 출발한 거였다.

외국 스카우트 애들이 새만금에 모였다. 캠프파이어 좀 하고 까불고 놀다가 헤어질 거라는데, 그게 좀 문제가 생겼다. 상식 있는 사람이라면 나무 한 그루 없는 짜디짠 땅에서 한여름 캠핑이 도통 무슨 기행인가 하는 생각이 들 거다. 그런데 그런 기행이 태연하게 벌어졌고, 우리

나라는 국제적으로 쪽이 팔렸다. 문제는 그걸 만회하고자 전국 방방곡곡 지방자치단체들이 세금을 플렉스 해대며 발 벗고 나섰다는 거다. 플렉스 현장에는 어느 도청 핫바리인 나도 동원되었다는 슬픈 스토리. 각목 든 청소년들에게 쫓기던 꿈은 어쩌면 예지몽이었나보다.

피라미드 하단에 있는 나야, 어떤 사정으로 새만금 캠핑이라는 역 자연적인 결정이 내려졌는지 이해가 안 되고, 그 뒷감당을 세금으로 한다는 것도 참 이해가 안 된다. 하지만 공무원이 하는 '공무'라는 것이 그렇더라. 확실히 나쁜 일만 아니라면 일단 따르고 보는 게 맞는 경우가 많고, 때문에 일부러도 찬찬히 천천히 보고에 보고를 거듭하며 조심스럽게 나아가는 거더라. 또 시작은 혼돈의 도가니일지라도, 신기하게 어찌저찌 결국 굴러가지는 게 공무였다. 그래서 나는 당일 출장 명령을 받고, 바로 청소년수련원에 끌려갔다가, 밤새 뺑이를 치고, 다음날 즉시 끌려나왔.... 아니, 구출됐다. 그럴 거 애초에 나를 왜 파견했나 싶지만, 내 역할은 상황이 막장으로 흐르는 걸 막는 보험 같은 장치였으니, 뭐 결국 그냥저냥 잘 풀린 거다.

잼버리 때문에 출장 전부터 이미 격무를 이어오던 나는, 수련원에서 돌아와 일이 일단락됨과 동시에 몸살이 나 버렸다. 격무라고는 했지만 딱히 뭔가를 했다기보다는 자리를 지키며 스트레스 받기, 중간중간 보고하기 정도의 일이었다. 하지만 장기간 주말 없이 출근하다 보니 몸살 스위치가 켜진 모양이었다. 신기한 것은, 50대인 팀장님, 과장님, 국장님은 나보다 더 격무였던 것 같은데 아무도 몸져눕지들 않으셨다는 거다. 한국 남자의 책임감이란 이런 건가 하는 생각이 들었달까.

번아웃과 달곰이

몸살이 온 나는, 주말을 끼워서 나흘을 쉬었다. 무슨 영화를 보자고 내가 여기서 이러고 있나. 몸은 아프고 마음은 허했다. 혼꾸멍이 나도록 콧구멍을 찔렀지만 자가키트는 음성이었고, 생각이 혼탁한 나는 그조차도 서러웠다. 당시엔 코로나 진단서를 방패로 좀 더 당당히 쉴 수 있는 분위기가 있었다. 코로나로 진짜 아픈 사람들에게 부끄러운 줄도 모르고, 몸살 중에 나는 그런 걸로도 징징거렸다. 일에 시달리다가 그나마 기다리던 여유가 생기면 행복하기는커녕 우울감이 밀려드는 패턴은 흔하다는데, 내 경우도 그게 아니었을까 추측해 본다.

때는 한여름, 더위를 많이 타는 나는 평소에 에어컨을 19도로 맞춰둔다. 그런데 몸살 중에는 에어컨을 안 틀어도 불편이 없었다. 더운 게 딱 적당했다. 더위가 더위로 안 느껴져서 내 몸이 진짜 고장이 났구나 확실히 알 수 있었다.

혼자 사는 사람이 아프면 서럽다고들 한다. 동의한다. 하지만 내가 찐으로 서러웠어서 동의하는 건 아니다. 몸살로 며칠 뒹군 게 서럽지는 않았다. 오히려 엎어진 김에 쉬어간다고 느긋하게 쉼표를 찍는 그 며칠이 나쁘지 않았다. 그저 이불을 돌돌 말고 땀범벅이 된 내 곁에서 달곰이가 깐족깐족 왔다갔다 하던 게 놀랍도록 큰 위안이 되었기에, 그 당시 내 마음이 흐느적거리고 있었음을 깨달았던 것이다. 개 한 마리가 이렇게나 위로가 되다니, 자각하지 못했을 뿐, 내가 많이 서러운 상태인가 보다, 그리 짐작했다. 그래서 동의하는 것이다.

내가 아파도 고미는 때가 되면 배가 고프고, 또 때가 되면 밖에 나가서 쉬야를 해야 한다. 달곰이의 욕구를 돌보는 것은 내가 달곰이를 입양할 때 서로 마음으로 체결한 조약 같은 거다. 내게는 이 조약이 회사랑 맺은 임용계약보다도 더 무겁다. 그래서 며칠간 땀에 절어 끙끙거리면서도 달곰이의 식사와 산책을 챙겼다. 내가 좋은 주인이라고 생색을 내려는 게 아니다. 아픈 중에도 챙길 멍멍이가 있는 것이 생각보다 큰 위로가 됐었음을 자랑하려는 것이다.

물론, 몸살 정도가 아니라 정말 손가락 하나 꼼짝 못 하게 아팠더라면, 내 육신은 병원에, 달곰이는 반려견 호텔에 맡겨졌을 것이다. 하지만 그런 일은 아직 일어난 적이 없기도 하거니와, 닥치면 닥치는 대로 해쳐나가는 게 최선이니, 일부러 걱정하지는 않기로 한다.

침대에 대자로 누운 내 곁에 달곰이가 온다. 내 옆구리에 제 등을 딱 붙이고 눕는다. 맞닿은 곳을 통해 따끈따끈한 기운이 전해진다. 같이 이리저리 뒹굴다보면 달곰이의 도톰한 발바닥이 어느 순간 내 얼굴을 눌러대기도 한다. 그렇게 폴폴 꼬순내 나는 응원도 전해진다.

멍멍이 밥때가 되면 아우-우웅 밥 달라는 항의가 들려온다. 침대와 격렬하게 하나가 된 몸을 일으켜 곰이가 좋아하는 습식사료와 건식사료의 비율을 맞춰 식사를 차려드린다. 그렇게 내 몸에 나 자신을 일으켜 세울 힘이 있음을 새삼 확인하며 마음에 혈액순환이 된다.

산책 시간이 오면 한층 더 애절하게 훠어웅훠어엉 나가자는 항의가 들려온다. 습관이란 위대한 것이라, 내 두 다리는 자연스레 나와 달곰이를 집 밖으로 날라다 놓는다. 바깥바람을 쐬면 달곰이는 펄펄 난다. 산책길에 나서는 그 신난 엉덩이를 보면 씰룩씰룩 내 마음도 경쾌해진다. 진돗개 특유의 빈약한 궁뎅이가 도드라진다. 저렇게까지 신나 할 일인가? 나도 모르게 피식 미소가 났다.

곰표 몸살감기약

달곰이에게 휘둘리다 보니 어느새 마음에 다시 힘이 배고 웃음이 돈다. 마음이 살아나면 몸이 살아나는 건 또 한순간이라, 여름 저녁 늦은 해를 받으며 웃고 있는 나를 발견하게 된다. 아무거나 걸친 정갈하지 못한 차림새, 한결 같은 와식 생활로 동백기름 바른 것처럼 떡 진 머리칼, 이 몰골로도 달곰이 궁둥이 춤을 보면 웃음이 난다. 세상만사 다 귀찮은 순간에도, 챙길 것을 챙기다 보면, 생각보다 빨리 또 살 맛이 나 진다.

나를 행복하게 하는 것은 내 우주에서 우선순위가 올라간다. 달곰이와 함께하는 하루하루가 지날수록, 녀석의 우선순위는 천장도 없이 자꾸 올라만 간다. 그럴수록 달곰이의 작고 세밀한 부분들까지 사랑스럽게 다가온다. 콩깍지의 두께가 나날이 두터워진다. 달곰이가 어느 순간 세계 최고의 미견으로 보이기 시작하는 거다.

"세상에, 넌 어떻게 이렇게 예쁠 수가 있니? 대체 뭘 믿고? 엉?"
산책길에 달곰이의 씰룩대는 엉덩이를 보며 실제로 이런 말을 나불대고 있는 나 자신을 종종 발견한다.

달곰이로 영화를 만들어 볼까? 달곰이를 유튜브에 데뷔시킬까? 아니, 인스타가 나을까? 아냐 아냐, 아예 출판 사진집이 나을까? 나는 오늘도 생각한다. 생각만 하는 게 문제지만, 생각의 빈도로 따지면 '어흐 퇴사하고 싶다' 다음으로 자주 하는 생각이다. 일전에는 일본 고전소설 '나는 고양이로소이다'를 패러디한 '나는 멍멍이로소이다'를 쓰다가 중단하기도 했다. 달곰이의 시점에서 요즘 사람들의 사는 모습을 비비 꼬아서 냉소해 볼까 했는데, 소설 쓰기가 쉽지 않아서 잠정 중단 상태다. 세상 모든 이야기꾼들에게 경의를 표하는 바이다.

여하간 내 사랑과 노력과 재능을 삼위일체하여 달곰이를 소재로 한 콘텐츠, 녀석의 사랑스러움을 영원히 캡쳐해 두는 그런 콘텐츠를 만들고 싶다. 하지만 노력과 재능 부분에서 빵꾸가 나는지라, 달곰이 콘텐츠화 프로젝트는 언제나 내 머릿속에서만 진행되고 있다. 안타까운 일이다. 달곰이의 귀여움과 사랑스러움은 참으로 세상을 널리 이롭게 할만한 것인데, 그 언니라는 자가 과히 충분치 못하여 그 대업을 이루지 못하고 있나니....

사람은 자기만의 우주에서 산다. 그 우주에는 그 사람 고유의 우선순위가 있다. 사람은 그 우선순위에 따라 자신의 우주를 경영한다. 타인의 눈으로는 별난 기행으로 보이는 일도, 그이의 우주에서는 앞뒤가 맞는 경우가 허다하다. 내 우주의 높은 곳에 달곰이가 있다. 그래서 너무도 자연스러운 귀결로, 머리는 안 감아도 멍멍이 산책은 챙기고, 쌀은 없어도 멍멍이 사료는 신경 쓰며 살고 있다.

떡진 머리로 동네를 누비며 실추되는 사회적 체면보다, 신이 나서 어쩔 줄 모르는 달곰이의 궁둥이가 내 우주에서는 훨씬 상위의 가치이다. 아파서 혹은 귀찮아서 등등의 이유로 꾀죄죄한 몰골이 된 나는, 그래도 때가 되면 여지없이 달곰이를 모시고 공원으로 향한다. 안 창피한 건 아니다. 다만, 이건 우주적 우선순위의 문제다.

이 꾀죄죄함이 누구를 해치지만 않는다면 뭐가 문제겠나? 출근 전에는 샤워를 빼먹지 않으니 이 정도면 된 거 아닌가? 싫은 걸 피하며 살 수 있다는 게 얼마나 다행인지! 이렇게 즐거운 걸 더 하고, 안 즐거운 걸 덜 하며 살고 있다.

밥벌이가 힘들어서 몸살이 또 맘살이 났을 때, 달곰이를 끼고 자고 산책시키며 몸도 맘도 사르르 풀려 나온 경험은, 이제 내게 유쾌한 기억으로 남아있다. 살면서 가끔의 고초는 피할 수 없을 수도 있다. 하지만 그때마다 꼬숩고 따숩고 아웅아웅 졸라대는 털뭉치 피난처가 있다면 그래도 살만하다고 감히 말해본다.

아메리카노 없는 출근길은
눈물길이어라

공원살이

1. (대외비) 공무원에게 승진이란?

공무원은 세 종류다.
하나, 승진에 목매는 사람.
둘, 승진에 목매면서 아닌 척하는 사람.
셋, 왜 승진에 목매야 하는지 아직 깨닫지 못한 바보.

쪽수로 보면 두 번째 부류가 가장 많고, 젊은 나이대로 갈수록 점점 세 번째 부류가 세를 키워간다. 하지만 계속 바보로 남아있는 늦된 타입만 아니라면, 결국 승진에 안달복달하는 첫 번째 혹은 두 번째 부류에 편입하게 된다. 끝까지 바보로 남아있는 늦된 타입은 공무원 세계에서는 극소수인데, 어떻게든 능력만 되면 각자도생 퇴사하고 딴 길로 가 버리기 때문이다.

첫 번째 사람이 두 번째 사람에게 지혜를 나눠주는 현장의 대화는 주로 아래처럼 흘러간다. 주변에서 수 차례 들어본 뻔한 레퍼토리다. 직급에 따라 다르지만, 7급으로 임용된 경우, 대충 4년 차가 되면 싫어도 아래와 같은 조언을 당하는 입장에 서게 된다.

"이제 너도 슬슬 신경 쓸 때가 됐지?"
"그렇지. 근평 잘 받는 곳에 들어가서 엄청 열일해야 할 타이밍이지. 지금 있는 데는 근평 잘 못 받는데 걱정이야."

"주무팀으로라도 옮겨갈 수 있나?"

"아니.... 자리 없어..."

"거 참. 그럼 팀장님한테 좀 챙겨달라고 해봐. 국장님한테 말 좀 해달라고."

"아 그런 말을 어떻게 해."

"야, 니 밥그릇 니가 챙겨야지. 윗분들한테 아쉬운 소리 하는 게 대수냐? 가만히 고여있다가 한정 없이 밀린다, 너?"

"에잇. 까짓 승진 좀 늦으면 어때. 상관없어. 난 신경 안 쓴다고."

"동기들 층층이 다 승진할 때도 그렇게 말할 수 있을까?"

"1등이 있으면 꼴등도 있는 법이지."

"그 꼴등을 네가 해도 괜찮겠어?"

"거, 말이 그렇다는 거지...... 아무리 그래도 내가 꼴지까지 밀리겠냐 설마......"

"너 동기들 엄청 많지 않아?"

"...... 그래도 백 명은 안 넘어......."

"열 명만 돼도 박 터지는데, 어쩌냐, 너?"

"........"

"막 합격하고 맨날 어울려 다닐 때나 동기지. 걔들 다 경쟁자야. 너 바짝 신경 써야 해."

".... 그래도 팀장님이 국장님 보고 갈 때 꼭 나를 데리고 가신다고."

"오 그래. 그나마 다행이네. 그래도 데려만 가시지 말고, 어? 한마디 좋게 좀, 어? 말도 좀 잘 해 달라고 해 팀장님한테."

"아, 못한다고 그런 거는.... 하아.... 그래도 그 많은 동기들 중에 내가 꼴찌는 안 되지 않겠냐? 그거면 되지....."

"되긴 뭐가 되냐. 친하던 애들 다 승진하고 뒤처질 때 기분, 안 당해 본 사람은 모른다, 너."

".......''

이쯤 되면 조언받는 사람의 눈빛에는 불안감이 파도처럼 몰아친다.

승진에 목매면서 아닌 척하기에도 기술이 있다

첫 번째 부류인 승진에 목매는 사람이 승진을 못 하고 오래 묵으면 성질이 드러난다. 세상 오만 패악질을 부리고, 주변을 험악하게 만들며, 부하직원에게 열정과 열일을 강요하고, 주변인의 모든 공을 가로채기도 서슴치 않는다. 미간에 내천자가 생기고, 목소리에 독기도 찐해진다.

혹은 반대로 힘이 쫘악 빠져 버리는 사람도 있다. 학습된 무기력, 의도된 무능력을 열심히 실천하면서 주변에 은근슬쩍 무임승차하는 비중을 늘려간다. 시간이 더 흐르면 무능력 코스프레가 참모습이 되어 버리는 경지에 오르기도 한다. 무능하고 나태한 밥통 공무원이 탄생하는 대표적인 루트다.

승진에 목매면서 아닌 척하는 두 번째 부류들 사이에는 아래와 같은 대화도 자주 오간다.

"저는 그냥 마음을 놨어요. 때 되면 알아서 되겠죠."

"그래. 그렇게 마음을 비운 사람들한테 오히려 좋은 일이 생기더라."

"진짜 저는 신경 안 써요. 신경 쓴다고 뭐 바뀌는 것도 아니고요."

"그래그래. 그게 나아. 마음을 비워."

승진에 목매면서 아닌 척하는 경우가 아니라면 '마음을 놨다' 같은 표현이 나오기 힘들다. 그건 놓을 마음이 한가득 있었기에 나올 수 있는 표현이니까. '신경 안 쓴다'는 표현도 마찬가지다. 진짜 신경을 안 쓰는 사람은 그 대상에 대해서 별로 할 말이 없다. 신경을 쓰네 마네 아예 표현을 않는 경우가 많은 것이다. 마음을 놓고, 신경을 끊었다는 말을 입에 올린다는 것 자체가 이미 승진에 목매면서 아닌 척하는 두 번째 부류라는 언어 사인이다.

흥미로운 부분은 '좋은 일'이라는 표현이다. 마음을 비워서 꿈꾸는 좋은 일이 득도도 아니고 로또도 아니고 승진이다. 그 간절함이 보기에 따라 안타까울 정도다. 이 단계에서 더 오래오래 승진을 못 하고 묵으면, 무능과 패악의 기로로 내몰리게 되는 거다.

나는 5년 차 7급 공무원, 세 번째 부류인 바보다. 아직 왜 승진에 목매야 하는지 깨닫지 못한 상태다. 먹고 살 방법이 깜깜해서 퇴사는 못 하고 있지만, 내게 없던 능력이 뿅 생겨서 돈이 막 많아지면? 뮌헨에 백수 놀이를 하러 갈까, 아니면 계속 출근하는 소시민적 행복을 추구할까? 이런 데 고민씩이나 필요한 사람이 정말 있을까?

공무원은 철저하게 상한과 하한이 그어져 있는 직업이다. 엄청 잘 해도 천장을 뚫고 나갈 수 없고, 엄청 못 해도 또 지하실로 꺼져 들어가지 않는다. 날고 기어도 호봉표를 벗어날 수 없고, 복지부동 바닥에 코만 박고 있어도 쉽게 잘려 나가지 않는다. 감사한 안정감을 선사하는 묵직한 족쇄라고나 할까. 이 족쇄를 끌고 움직일 수 있는 범위 안에서 한 사람이 성취감을 느끼고 세상으로부터 인정받는 방법은 한정될 수밖에 없다. 그 한정된 방법들 중 가장 인기 있는 방법이 바로 승진일 거다. 언제나 그렇듯이 가장 인기 있는 것이 가장 좋은 것임을 그 누구도 보장하지는 못하겠지만 말이다.

욕심쟁이 선언

나는 삶에 원하는 게 넘쳐나는 욕심쟁이다. 다만, 왜 승진에 욕심을 내야 하는지 이해를 못 하고 있을 뿐이다. 건강, 멍멍이, 냥냥이, 사랑, 경제적 자유를 원한다. 멍멍이랑 냥냥이는 '뫼신다'는 표현이 더 맞지만, 여하간 그렇다는 말이다. 외국어도 여러 개 하고 싶고, 여러 나라에 여행을 가서 놀고먹는 일도 더 많이 하고 싶고, 책도 여러 권 내고 싶고, 흥미로운 사람들과 교류도 하고 싶고, 가능하다면 득도도 하고 싶다. 말타, 이탈리아, 그리스, 시베리아, 오키나와 등등 아직 못 가본 곳들은 넘쳐나고, 거기서 만나야 할 사람, 먹어야 할 맛난 것들도 무궁무진하다. 이렇게 원하는 게 많은데, 여기에 승진을 어떻게 끼워 넣어야 할지 모르겠다.

모든 것을 얻을 수는 없지만, 많은 것은 얻을 수 있다고 믿는다. 원한다고 모두 얻어지는 건 아니지만, 얻고자 다가가려면 일단 원하는 것부터 시작해야 한다. 이런 욕망, 원함의 감정은 이성의 영역이 아니다. 차라리 본능과 무의식의 영역이리라. 천상 욕심쟁이인 내 본능과 무의식은, 이미 다른 갖고 싶은 것들로 꽉 차 있어서, 승진까지 욕망할 여력이 없는 것 같다.

좋은 게 좋다고, 만 원짜리가 떨어져 있다면 난 당연히 주울 거다. 요즘은 그러면 위법이네 어쩌네 하던데, 세상 참 살기 힘들어졌다. 여하튼 돈이 떨어져 있던 곳이 우리 집 마당이라서 불법이 아니라고 가정해 보자. 그렇게 만 원짜리가 있다면 난 냉큼 줍겠지만, 그 지폐 한 장을 찾아 헤매며 내 시간을 쓰고 싶지는 않다. 승진은 이 만 원짜리랑 비슷한 구석이 있다. 멋진 남자와 데이트 한 번 하는 게 승진보다 훨씬 더 탐난다. 훨씬 훨씬 더 재밌을 테니까. 내 시간은 만 원짜리가 아니라 그런 남자를 찾아 헤매는 데 쓰여야 마땅하다. 이것이 나, 세 번째 부류인 바보 공무원이 생각하는 방식이다.

주변 선배, 동료, 후배들이 승진을 다들 원하니 고민은 해봤다. 거기 뭔가 중요한 게 있나? 내 눈에만 그게 안 보이나? 아 그런데 이리저리 돌려가며 생각을 해 봐도 역시 모르겠단 말이지.

돈? 승진해서 월급 오르는 거? 그거라면 승진에 들일 공을 투자 공부와 절약에 들이는 쪽이 더 가성비 있지 않나?

권력? 7급이 올라서 6급 되고, 6급이 올라서 5급 돼도 애초에 권력이랑은 하등 무관한 인생이다. 법의 테두리 안에서 상사가 시키는 대로 하는 게 최선인 이 판에서, 권력은 무슨 권력. 직급이 올라서 권력을 쥔 느낌이 든다면 그 공무원은 정말 정신 차려야 한다. 또 공무원 월드에서 상사가 없을 정도로 높이 올라가려면 선출직으로 나가야 하는 거 아닌가?

주변의 인정? 이건 승진뿐만이 아니라, 아무거나 잘하기만 하면 얻어지지 않나? 부자여도 인정받고, 일 잘해도 인정받고, 착해도 인정받고, 말 잘해도 인정받고, 하다못해 예뻐도 인정받는다. 게다가 타인의 인정만큼 허망한 게 또 어디 있나? 허망한 건 쫓으면 쫓을수록 바닷물 마시듯 목만 타리라.

그럴 바에 차라리 손에 잡히는 확실한 행복감(멋진 남자랑 데이트하기, 달곰이 배에 배방구 놓기 등)을 쫓는 게 더 나은 선택이 아닐까? 물론 양자택일일 필요는 없다. 허망한 인정도 받고, 확실한 행복도 모두 얻으면, 더 좋다. 하지만 제한된 시간과 한정된 에너지로 추구해야 할 것을 골라야만 한다면, 우선순위는 확실한 편이 좋다.

최근에 한 책에서 공무원의 직위와 건강의 상관관계를 보여주는 연구 결과를 본 적이 있다. 영국 공무원들을 대상으로 장기간 진행된 연구였다. 그 결과는 한 직급 위의 공무원이 그 바로 아래 직급의 사람들과 비교해서 훨씬 더 건강하고 오래 살더라는 거다. 주변에 대한 통제감과 직위가 주는 지위감이 건강의 비결이라는 식으로 저자는 추측하고 있었다. 이 연구 결과를 접한 그 순간만큼은 나도 정말 승진하고 싶었다. 사실 '승진하고 싶다'가 아니라 '건강하게 장수하고 싶다'가 욕망의 실체였지만 말이다.

공무원에게 승진이란 뭘까? 진짜 뭘까?
학창 시절, 이유도 모르고 달리는 경주마처럼 열심히 공부하는 아이들이 있었다. 아니, 많았다. 공무원들이 승진에 절절매는 이유도 그 아이들이 공부하는 이유와 같지 않을까? 지금까지 내가 찾은 유사 답지는 이렇게 '학창시절 성적' 정도다. 고등학생이 시험 봐서 등수 올리는 데 신경 쓰는 딱 그 정도 말이다.

학생으로서 학업의 본분에 충실하다는 건, 물론 훌륭한 일이다. 또한 성적을 진로와 연관 지어 계획적으로 공부하는 것도 또한 매우 영리한 자세다. 하지만 성적에 신경 쓰지 않는 학생도, 마냥 모자란 것만은 아니다. 전교 꼴찌도 나름의 충만한 인생을 살 수 있고, 하기에 따라서는 오히려 더 크게 성공할 수도 있다. 어디 한 아이의 인생이 학교라는 울타리 안에만 존재 하겠는가? 당연히 학교 밖에도 아이의 인생은 존재한다. 마찬가지로, 회사 밖에도 우리 인생은 존재하는 것이다.

울타리 안에 있을 때는 울타리 안의 세상이 전부라고 잠깐 착각할 수도 있다. 하지만 인생의 범위란 본인 스스로가 그리는 것이다. 자유민주주의 자본주의 이 꽃세상 호시절이 선사한 가장 큰 혜택이 이거 아닐까? 너그럽기 그지없는 우리나라 법만 잘 지키면서, 하고 싶은 걸 맘껏 할 일이다. 그런다고 우리를 아오지 탄광에 보내지도 않고, 아우슈비츠에 처넣지도 않는다. 이런 호시절의 이점을 맘껏 누려야 하지 않겠는가.

이유나 목적 없이도 일단 하고 보는 게 이득인 일들은 차고 넘친다. 어쩌면 그런 게 우리네 세상살이일 거다. 다만, 이유나 목적이 우선 확보되지 않으면 힘을 낼 수 없는 부류의 사람들도 얼마든지 있다. 그런 사람들을 세상살이 모르는 미숙아로 치부하는 건, 반대편에 있는 사람들을 속물이라고 매도하는 것과 마찬가지로 어리석다. 속물(?)로 좀 잘 살면 어떻고, 미숙아(?)로 저만의 속도를 유지하는 게 또 어떻단 말인가. 서로를 존중하며 각자 제 쪼대로 살면 그뿐이다. 그걸로 충분히 좋지 아니한가.

나는 스스로 세 종류의 공무원 중 세 번째 부류라고 이미 밝혔다. 어디 안 계신가? 아직 왜 승진에 목매야 하는지 깨닫지 못한 이 바보에게 그 귀중한 깨달음을 주실 선배님은? 언젠가 그분을 뵙고 정신(?)을 차릴 때까지, 나는 계속 지금처럼 바보로 살 것 같다. 곰이랑 집이랑 돈이랑 건강에만 신경 쓰면서. 그러다가 이렇게 책이나 내고, 어느날 말타(요즘 특히 가고 싶은 곳이다)에나 가서, 말타 음식으로 과식이나 하고, 말타식 영어나 배워오겠지. 맨날 달곰이 엉덩이나 따라다니며 헤실헤실 동네 산책이나 다니겠지. 아아 바보의 하루는 오늘도 참 별일 없고 참 즐거웁다. 뭔가 잘못된 게 분명하다.

2. 300억짜리 마인드 '어쩌라고'

예민한 직장인의 스트레스

상사가 한소리 한다. 심장이 쿵쾅거린다. 당연히 설레서 뛰는 건 아니다. 한소리가 길어지면 손도 벌벌 떨린다. 상사는 나를 때리지도 않고, 금품을 갈취하지도 않고, 고문하지도 않고, 욕설을 퍼붓지도 않고, 징계하겠다거나 자르겠다고 협박하지도 않는다. 차분하고 단정한 목소리로 내가 했어야하는 일을 조목조목 짚어줄 뿐이다. 그런데도 심장도 손도 이렇게나 나댄다. 마치 내 몸이 아닌 양 자치권을 주장하는 말괄량이 심장과 손, 거 참 괘씸하다. 기분이 좋을 리 없다.

고소한 튀김이나 달콤한 과자를 많이 먹은 날은 특히 더 나댄다. 잠을 덜 잔 날도, 커피를 많이 마신 날도 유독 나댄다.

평온하고 느긋하고 조금은 둔한 사람들이 부럽다. 그들의 사지육신에는 말괄량이가 안 살 것같아서다. 내가 파르르 할 상황에 무덤덤 허허허 웃고 넘기는 사람들을 보면 존경스럽기까지 하다. 예민이와 덤덤이는 날 때부터 뇌 구조도 다르고 호르몬 작용도 다르다는 과학 대중서를 여러 권 읽었다. 날 때부터 그렇다고 부러운 게 안 부러워지지는 않는다.

난 편해지고 싶다. 대범해지고 싶다. 파르르 안 하고, 허허허 하고 싶다. 고맙게도 세상이 참 좋아져서 괜찮은 조언을 해주는 책들이 넘쳐난다. 자기는 이렇게 했다며 스토리를 풀어놓는 에세이, 요렇게 하면 조렇게 좋아진다고 실험 결과를 보여주는 뇌과학 책, 나를 따르라 너를 성공시키리라 선동하는 자기계발서 등등. 다 쓸모도 다르고 나름의 재미도 있는지라, 고루 즐겨 읽는 편이다.

책을 통해 조언을 얻다 보면 예기치 못한 부작용도 생긴다. 개인적인 조언을 해주는 고마운 주변 사람들을 낮춰보지 않기 위해 애써야 하는 순간들이 가끔 오는 것이다. 빈손으로 시작해서 몇 조 원을 벌어들인 부자가 '나는 10개 중에 9개를 모른다. 그 9개를 모른다는 사실을 기억하는 것이 내가 부를 이룬 비결이다'라고 하는 걸 아침에 읽었다면, 나와 마찬가지로 시급 만 원을 겨우 넘기는 직장 동료가 '이거는 확실해! 내가 아는 사람도 그래서 돈 벌었다니까!'하면, 어떤 표정을 지어야 할지 애매한 기분이 되어 버리는 거다.

'땡땡 대학교 실험실에서 뿅뿅 명의 실험대상자를 상대로 3년간 실험한 결과, 닭가슴살을 섭취하면 흰쌀밥을 먹은 것과 비슷하게 혈당이 치솟는 현상이 반복해서 관찰됐다.'라거나, '아침에 프리바이오틱스를 섭취하면 체중이 증가할 개연성이 크다.'같은 애처롭게 몸 사리는 서술 방식의 과학 대중서를 읽다가, '이거는 하지마. 저거는 해도 돼. 이거는 좋아. 저거는 나빠'하는 단정적 표현을 들으면, 또 오묘한 기분에

휩싸이게 된다. 그래서 내 쪽에서도 확신을 담은 표현을 감히 못 하게 되는 거다.

누가 무슨 말을 하면 입꼬리나 씰룩거리고, 확실하게 자기표현도 못 하는 사회생활 바보가 만들어지는 것도 시간문제다. 그래도 뭐 별일 없이 살긴 합니다만.

여하튼, 편해지고 싶은 나 자신의 이야기로 돌아가서, 요즘 내가 즐겨 실천하는 조언은 '어쩌라고'이다.

이번엔 내가 또 어디에서 구멍을 만들었는지 조곤조곤 알려주는 상사 앞에서 심장이 두근거릴 때마다 나는 속으로 주문을 외운다. '어쩌라고, 아 그러니까 어쩌라고~' 이런 식이다. 좀 멍청한 기분이 들기도 하지만, 그러면 속이 좀 편해지는 감이 확실히 있다.

상사 앞에서는 속으로만 외우는 주문을, 모니터 앞에서는 육성으로 터트리기도 한다. 이렇게까지 해야 하나? 대체 누굴 위해? 뭘 위해? 라는 의구심을 불러일으키는 업무에게 하는 말이다. 좋으나 싫으나 결국 다 하긴 하지만, '어쩌라고' 하고 상관없는 척 흉내라도 내면, 그나마 해내기가 좀 수월해지는 것이다.

직장에서만 '어쩌라고' 하는 게 아니다. 달곰이와 산책할 때 우리에게 앙칼지게 짖어대는 말티즈 깡패 녀석에게도, 자려고 누웠는데 멋대로 떠올라서 자꾸 이불에 발차기 하게 만드는 창피한 추억에게도 '아 몰라 어쩌라고!' 하는 요즘이다. 여러모로 좋은 이 약발이 얼마나 갈지는 모르겠지만, 당분간은 이 주문 외우기를 계속할 듯싶다.

'어쩌라고' 심리 레시피

나는 상당히 예민한 편이다. 그래서 나도 힘들고, 주변에 미안한 일도 자주 벌인다. 사는 내내 어차피 예민할 테니, 정신 승리라도 해버리기로 마음을 정했다. 써먹기에 따라서 이 예민함도 세상에 도움이 될 수 있으리라. 파르르 파닥파닥 이게 좋네 저게 나쁘네 시비 우열을 가리고 징징거리는 사람도 있어야 좋게좋게 게으르게만 굴러가는 세상에도 변화가 있지 않겠는가.

먹는 걸 가지고 오만 까탈을 부리는 사람을 보면 한심스럽다.(내가 그렇다....) 하지만 내가 오늘 먹은 왕 맛난 과자 한 봉지도 그들의 까탈스러움이 시장의 수요가 되어 만들어 낸 것일 테다. 그들의 지랄과 까탈은, 어찌 보면 세상이 더 맛있어지도록 돕는 역할을 한 것이리라. 그렇게 보면 먹을 걸 앞에 두고 까탈 부리는 재수 없는 사람에게도 욕을 적당히만 할 일이다.

나 같은 예민이에게는 내적 평화를 위해 아주 다양한 심리 전술이 필요하다. 아무리 좋은 전술이라도 하나로는 부족하다. 사는 내내 계속

해야 하는 것도 있고, 수시로 바꿔가면서 새로운 맛을 누려야 하는 것도 있다.

요즘 맛들린 '어쩌라고!' 전에는 '슈퍼맨'이 있었다. '슈퍼맨'도 스트레스를 받거나, 긴장되고 불안할 때, 안 좋은 쪽으로 두근거릴 때 두루두루 써먹을 수 있는 전략이었다. 슈퍼맨 혹은 원더우먼처럼 가슴을 쫙 펴고 양손을 허리에 올린 히어로 포즈를 취하는 것이 전략의 전부다. 슈퍼맨으로 부족하면 올림픽 결승선을 통과하는 금메달리스트의 만세 자세를 취하는 것도 좋았다. 힘이 더 필요하다면 만세 자세, 혹은 슈퍼맨 자세로 구호까지 외쳐본다. "신난다!"

여러 책에 나오는 이 심리전략은 일전에 TED강연에도 소개된 적이 있다. 승리자의 포즈를 취함으로써 승리자의 호르몬이 나오도록 뇌를 속이는 잔머리 기술이다. 불안하고 쪼들리는 감정 상태를 개선하는 데 좋다고 한다. 실제로 나도 효과를 봤다. 단, 사무실 한복판에서 상사에게 좋은 말씀(?)을 듣는 와중에 당장 슈퍼맨을 해버리면 뭔가 개기는 것 같아서 활용도가 좀 떨어지는 단점이 있다.

긴장과 불안이 엄습할 때, '신난다!'를 외치는 것도 효과가 괜찮았다. 심장이 두근거리는 것이 불안 때문이 아니고, 흥분과 기대감, 설렘 때문인 척 스스로를 속이는, 역시 잔머리 전술이다. 하지만 이것도 내가 제일 자주 마주하는 스트레스 상황, 상사와의 앙증맞은 꾸중 세션에서 쓰기에는 조금 곤란함 감이 있다. 신난다! 하고 흥분감을 동력으로 상사를 받아버릴 것도 아니고 말이다. 이 심리 전술은 '신난다!' 하고 기운을 내서 떨리지만 해버려야만 할 일을 해치울 때 요긴하다. 사람들 앞에서 발표를 하거나, 좋아하는 남자에게 데이트 신청을 하거나, 우리 고미한테 시비터는 행인놈과 싸우거나, 뭐 그렇게 힘을 짜내야 할 때 써먹는 기술인 것이다.

그래서 요즘의 '어쩌라고~'까지 흘러오게 된 것이다. 이거라면 세상 순한 표정으로 속으로만 웅얼거리면서도 효과를 볼 수 있다.

심장이 막 뛰면 공황장애 위험도가 높아질 수 있다고 해서 진정제를 처방받아 먹어본 적도 있다. 진정이 되긴 되는데, 유쾌한 기분은 아니다. 차고 질척한 점액질로 불을 끄는 기분이랄까. 하긴 긴장이 완화되고 기분이 좋아지는 약이라니, 그건 마약이려나? 합법적으로 그런 약이 있다면 누구라도 자꾸 주워 먹고 싶을 거다.

건강한 몸에 깃드는 건강한 정신
사실 뭐니 뭐니 해도 최고로 좋은 건 육신을 단련하는 것이리라. 건강한 몸에 깃드는 건강한 정신! 이건 뭐, 뇌과학, 화학, 의학, 자기계발, 심리학 등 오만 책이란 책에서 모두 추천하는 1타 방법이니까.

문제는 단 하나, 진짜 오사게 하기 싫다는 것. 좋은 운동법은 차고 넘치지만, 내가 고른 방법은, 뛰다 쉬다를 반복해서 심장박동을 분당 145까지 올려 주는 인터벌 트레이닝이다. 목표량은 주 2회지만, 아주 죽지 못해 근근이 주 1회만 해나가고 있다. 앞서 '오늘분의 쇠질' 챕터에 등장하는 '호랑이 뜀박질'이 바로 이 운동이다. 주 2회 목표 운동량을 다 채우면 슈퍼맨 자세고 어쩌라고 주문이고 다 안 해도 괜찮을 대인배가 될지도 모르겠다. 아아 진짜 운동만 하면 되는데 말이다. 아아 운동만.... 고까이꺼......

몸을 잘 재우고, 잘 먹이고, 잘 운동시키는 것만으로도 사실 8할의 정신건강을 챙길 수 있다. 그저 재밌고 맛있는 게 너무 많아서 아는 걸 실천하는 데 번번이 실패하는 게 문제다. 그러니 이런저런 곁가지 조언들을 그러모아 그 부족분을 채우려고 애쓸 수밖에. 그 곁가지 심리 전략들의 예시를 몇 개 더 들어 볼까 한다.

세상에는 걱정스러운 일이 너무나 많아서 자연스럽게 걱정이 든다. 하지만 아직 생기지 않은 일을 미리 끌어다가 상상해서 걱정하는 일은 실제 그 일을 겪는 것과 마찬가지로 정신건강에 해롭다. 스트레스와 심리적 손상 정도가 비슷한 수준이란다. 그러니 미리 대비할 일이 있으면 해버리고 말지, 미리 끌어다 걱정하는 건 최대한 피하는 게 남는 장사다. 나도 그래서 쉽지는 않지만 장사해서 조금이라도 남기려고 하고는 있다. 이게 하나의 곁가지 심리 전략이다.

업무 분장이 바뀐다. 보직이 바뀐다. 새로운 업무가 닥친다. 공무원이라면 이런 상황을 심심치 않게 마주한다. 각각의 업무에는 그 업무만의 두툼한 업무편람과 시스템 매뉴얼이 따라온다. 공무원 세계에서 인수인계란 대체로 부실하기 그지없고, 발령 당일부터 해당 업무에 딸려 오는 모든 책임은 본인만의 것이다. 참으로 무서운 세계가 아닐 수 없다. 눈앞에 부쩍부쩍 일은 쌓여가는데, 머릿속에 그 일을 처리할 지식은 없다. 체할 것 같다. 손가락이라도 따야 할 지경이다. 이런 상황이라면, 필요한 지식을 먼저 머릿속에 넣는 것부터가 1등 업무요, 1등 도전이다. 가끔은, 세상에 엄마야, 당면한 업무를 처리하기 위해 새롭게 공부해야 할 내용이 너무나도 후덕하다. 가끔은, 내가 이러려고 피 터지게 공부해서 공무원 됐나 자괴감 들고 괴로워질 정도다. 이렇게 꼭 알아야만 하는 게 너무 어려운 경우, 나는 멘탈이 너덜너덜해진다. 모르는 게 너무 많아서 인생이 고달프다.

이럴 때는 내 편도체가 과민반응 한다는 걸 기억하면 좋다. 모르는 건 나중에 자연히 알게 되는 순간이 온다고, 투쟁도 도피도 할 거 없다고, 신변의 위협은 하나도 없다고, 모르는 게 당연한 거라고, 결국 다 괜찮아진다고 스스로에게 말해주는 거다. 몰라서 받는 스트레스는 결국 알아가는 과정의 고통이기 때문에 뇌가 커지는 고통, 똑똑해지는 고통이라는 걸 나 자신에게 속삭여 준다. 다 정신 승리 같지만, 여기저기 과학 대중서에서 지식 동냥한 내용과도 맞아떨어지니, 이게 또 하나의 곁가지 전략이 된다.

업무에 압도당하는 느낌과는 또 별개로, '기다림'이 유발하는 불안도 있다. 기다리다 보면 조급해진다. 조급해지면 그 감정에 끌려간다. '기다림'은 그 자체로 힘이 세서, 무언가를 기다리다 보면 그 대상이 마치 엄청 중요한 것처럼 느껴지는 지경에 이르기도 한다. 기다림은 사람을 불안하고 긴장되고 안절부절 못 하게 만든다. 나 같은 불안쟁이에 예민쟁이는 기다림에 휘둘리는 폭이 더 크다. 관심없는 상대의 연락을 기다리다가 없던 관심까지 생겨 버리는 경우를 겪어본 사람도 있을 거다. 이 순간 등장하는 또 다른 곁가지 심리 전략! 아예 기다려야 하는 상황을 피하는 거다. 피할 수 없는 기다림이라면, 스스로 마감 기한을 정해서 그때까지만 기다리고 그냥 말아 버리는 것도 방법이다. 스스로가 기다림이라는 행위 자체에 휘둘리고 있음을 자각하는 것도 도움이 된단다. 나는 다 해봤는데, 아예 기다려야 하는 상황 자체를 피하는 것만 효과가 있었다.

하아, 거 참 살기 힘들도다. 이렇게 심리 전략을 닥닥 긁어모아서 관리해야 하는 마음을 갖고 살아가는 건, 참 번거롭다. 역시 답은 운동인데 말이다. 운동을 더 해야 하는데........ 아아 하기 싫어.........

'어쩌라고' 레시피의 화룡점정은 달곰이 꼬순내

줄줄이 땅콩처럼 이어지는 이 다양한 심리 전략들을 공구 상자에 담아두고 필요할 때 꺼내쓰려고 한다. 몰라서 못 쓰는 것보다는, 알고도 까먹어서 못 쓰는 게 낫다는 생각이다. 좋은 도구를 가지고 있으면서 있다는 걸 까먹어서 못 써먹으면 좀 답답하고 억울하긴 할 거다. 하지만 그러길 몇 번 반복하면 결국 좋은 도구를 좋은 때에 쏙쏙 꺼내 쓰는 경지에 도달하지 않겠는가.

여하간 뭐가 됐든 내게 있어서 불멸의 묘약은 달곰이 꼬순내라고 하겠다. 우리 곰돌이의 따숩고 도톰한 발바닥에서 나는 꼬소한 발냄새. 아아 생각만 해도 세로토닌 막 나온다. '어쩌라고' 천 번을 해도 달곰이 꼬순내가 다 이긴다. 멘탈 유지의 화룡점정이랄까. 회사에 고미랑 같이 출근만 할 수 있으면, 사실 상사가 한소리를 하든 두소리 열소리를 하든 전부 다 괜찮을 텐데 말이다. 달곰이랑 같이 출근하는 날이 언제나 올까? 오기나 할까? 도청이 그렇게 바뀌길 기다리느니 차라리 내가 회사를 차리는 게 더 빠르려나? 사무실 딸린 회사는 모르겠지만 붕어빵 행상이라면 나라도 어떻게 되지 않을까? 달곰이랑 같이 군고구마랑 붕어빵 파는 일상도 참 즐겁겠는데 말이다.

퇴근 시간이 다가올수록 더욱 깊어지는 꼬순내에 대한 그리움이다. 보고 싶은 우리 고미, 꼬소한 우리 고미 꼬순내, 도콤하고 따뜻한 우리 고미 발바닥…. 아아아. 이렇게 달곰이 생각을 하면 어느새 나대던 심장과 손이 차분히 진정되며 자치권을 포기한다. 상상만 해도 발휘되는 고미의 꼬순내 효과다.

3. 언니가 존경스러울 때 TOP3

숙지산 줍줍보 언니

집 근처에 있는 숙지산을 달곰이랑 산책하고 있었다. 숙지산은 나지막하고 조그마한 것이 걷기에 안성맞춤이고, 등산이라고 부르기에는 곤란한 그런 곳이다. 달곰이는 슬개골 탈구 2기다. 그래서 본격 등산은 다니지 못한다. 하지만 이 정도 뒷동산이라면 괜찮지 않을까 해서 아주 가끔 이곳을 찾는다. 물론 달곰이 무릎에 슬개골 보호대 착용은 필수지만 말이다. 고미는 흙과 풀과 나무 냄새를 만끽하다가 청설모를 보고 흥이 폭발했다. 즐거움의 강도가 공원에서보다 산에서 유독 치솟는다. 이렇게까지 즐거워하니 나까지 강제로 행복해지는 기분이다.

신나서 킁킁거리며 나아가는 달곰이의 목줄을 확 당겨야 할 때가 있다. 풀숲에 숨어있는 쓰레기에 다가갈 때다. 안타깝게도 그런 경우가 적지 않다. 자연을 즐기러 산에 와서는 그 자연을 해치는 종자들이라니, 아아 닝겐 짜증 난다. 눈살을 찌푸리며 달곰이 줄을 당겼다.

그렇게 찌풀찌풀 하며 가는 중에 마주 오는 등산복의 아줌마 한 명을 보았다. 그녀는 작은 주머니와 집게를 들고 있었다. 버섯이나 산나물을 집게로 채집하나보다 했다. 그런데 이게 뭔가? 달곰이가 킁킁거리려 했던 그 쓰레기를 덤덤한 표정으로 주워서 봉지에 담는 게 아닌가?

찌푸려졌던 내 미간은 놀라서 쫘악 퍼졌다. 그녀는 느긋하게 아무렇지도 않은 표정으로 계속 갈 길을 갔다. 가다가 또 쓰레기가 만나지면 또 느긋하게 집게를 움직였다.

시청에서 고용한 쓰레기를 줍는 분들은 주로 단체복을 갖춰 입고 무리를 지어 이동한다. 그녀는 그런 고용인력으로는 보이지 않았다. 취미로 환경을 보호하는 동네 주민 정도로만 보였다. 버린 사람 욕만 하고 혼자 짜증만 냈던 나는 뭔가 조금 숙연해졌다. 이거 참 멋진 언니가 아닌가. 내가 되고 싶은 쪽으로 멋진 타인의 모습을 보면 절로 존경심이 들면서 뜨끈해지는 기분이 든다. 달곰이가 주변을 부산스럽게 오가며 흙을 파고 오만 것에 킁킁거리는 사이, 나는 그 자리에 잠시 머물며 멋진 언니가 작아지는 모습을 지켜보았다.

나는, 버리는 자들을 욕하는 자다. 그녀는, 버려진 것들을 묵묵히 줍는 자다. 나는 그녀의 행동이 아름답다고 생각한다. 나도 그렇게 되고 싶다고 말이다. 하지만 집게와 봉지를 들고 다니는 불편을 감수하지는 않는다. 언젠가 그런 불편이 감수될 정도로 내가 커지거나, 불편이 불편이 아니게 되는 계기가 생긴다면 혹시 모르겠지만, 지금의 나는 딱 이 정도이다. 그래서 그녀의 모습이 1년이 지난 지금도 선명하게 기억에 남아있는 것일 테다.

아들하고 배그하는 언니

역시 달곰이랑 산책을 하고 있었다. 집 근처에 있는 대유평 공원이라는 곳이다. 생긴지 얼마 안 된 젊은 공원이라 나무들도 어리고 후덕하지가 못 하다. 해가 쨍할 때 쉴만한 그늘도 부족하고 눈을 가득 채우는 초록도 부족해서 낮에는 잘 찾지 않게 되는 그런 공원이다. 하지만 새거답게 깨끗하게 다듬어져 있는지라 편리한 맛에 저녁 산책하려는 자주 찾는 곳이다. 일주일에 다섯 번 이상 찾다 보니 고미가 좋아하는 루트도 정해져 있다.

정해진 시간에, 정해진 길을 걸으며, 매일 보는 멍멍이 친구들을 만난다. 숙지산에서처럼 고미가 흥을 폭발시키지는 않지만, 이건 또 이것대로 평화로운 안정감을 선사한다. 적당히 경쾌한 발걸음과 생기로 반짝거리는 눈동자에서 고미가 이 순간을 즐기고 있음을 알 수 있다. 매일매일 작고 일정한 행복이 쌓여간다. 달곰이에게도 나에게도 차분한 민트색 순간들이 쌓여간다. 슴슴하게 산책하는 달곰이 곁에서 나까지 동시에 릴렉스 당하는 기분이다.

매일 보는 멍멍이 친구들 중에 '쿵'이가 있다. 곰이를 만날 때마다 날름날름 뽀뽀를 하려고 다가오는 다정한 진도믹스 백구다. 십키로 남짓 되려나, 진도믹스 치고는 무척 아담하고, 몸매도 마른 편이다. 겁이 어찌나 많은지 사람이 만지러 다가가면 깜짝깜짝 놀라곤 하는데, 나는 그 반응이 귀엽고 재밌어서 갑자기 녀석의 엉덩이를 만지며 괴롭히곤

했다. 몇 번 그랬더니 쿵이에게 나는 피해야 할 족속으로 분류된 것 같다. 자업자득이니 불평할 수 없다. 그래도 나만 빼고 다른 사람들에게는 먼저 다가가 인사를 건네는 쿵이를 보면, 뭔가 자꾸만 더 질척거리고 싶어지는 것이다.

대유평 공원에는 동네 멍멍이들이 체급별로 모이는 너른 잔디밭이 여기저기 있다. 비슷한 크기의 진도믹스들이 모여있는 잔디밭에 가서, 고미가 친구들과 잡기놀이 하는 걸 지켜본다. 산책보다 친구들과 노는 걸 더 즐기는 멍멍이도 있지만, 우리 곰이는 친구들과 노는 건 사이드고 제 발로 땅을 촉촉촉촉 밟으며 거니는 것을 더 좋아한다. 그래서 고미가 잡기놀이에 쓰는 시간은 길어야 5분 정도다. 그 짧은 5분의 짬에, 그날도 나는 쿵이의 엉덩이를 만져서 놀래킬 궁리를 하며 은근슬쩍 다가가고 있었다.

쿵이는 엄마 껌딱지다. 쿵이에게 다가가다 보면 늘 쿵이 엄마에게도 바짝 다가가게 된다. 쿵이 엄마는 쿵이처럼 다정하고 아담하고 마르셨다. 소박하고 정겨우며, 자식을 낳아 기른 아주머니 특유의 부드럽고 따뜻한 분위기를 스카프처럼 두른 분이다. 쿵이를 대하는 투가 너무도 부드럽고 유하신, 지켜보는 사람으로 하여금 은근히 기대고 싶은 마음까지 품게 만드는, 모르는 사람이 밥때를 제때 챙겼는지 염려해주는, 흡사 봄날의 훈풍 같은 분이랄까.

멍멍이들이 서로서로 어울려 뛰어다니는 동안 멍멍이 주인들도 서로서로 모여서 그날 분의 수다를 떤다. 그날의 주제는 자식이 속 썩이는 이야기였다. 그저께는 남편이었는데, 가끔 이렇게 변주가 있다. 속 썩이는 남편도 자식도 없는 나 같은 1인 가구는, 그냥 건성으로 맞장구나 치며, 쿵이를 놀래줄 틈만 노리고 있었다.

봉봉이네가 말했다. 마음을 다쳐 집에 들어앉은 중학생 딸을 위해 봉봉이를 입양했다고. 봉봉이 엄마는 자기 집에서는 봉봉이의 존재가 가족 간 소통의 매개라며, 봉봉이를 쓰다듬었다. 입양된 사연이야 모르겠고 살아있는 것만으로도 싱글벙글인 갈색 발바리 봉봉이는 주인의 손길에 행복하게 헤에에 웃었다.

쿵이네도 말했다. 아들이 사춘기가 되면서 아예 말을 끊어 버렸다고. 아들이 남편과 마주하기만 하면 서로 날을 세워서 집안에 긴장감이 돌더라고. 입을 봉해버린 아들과의 소통을 위해 쿵이네 엄마는 아들이 즐기는 '배틀그라운드'라는 게임을 시작했다고 했다.

"쿵이 엄마, 배그 하세요?" 내가 깜짝 놀라서 물었다.

"아... 네."
내가 감탄과 놀람으로 물으니, 쿵이네가 쑥스럽게 미소를 지었다.

"안 어려우세요?"

몇 번 했다가 조작이 어려워서 순식간에 죽어버렸던 전적이 있는지라, 나는 진심으로 놀랐다. 나는 패하면 패악질을 부리는 미숙한 사람이라, 배그는 그날로 바로 안녕이었다.

"처음엔 좀 어려운데... 연습하면 괜찮아져요."

"아들 때문에 시작한 거예요?"

"글세... 꼭 그렇다기 보다도.... 제가 하고 싶어서 한 거죠. 아이랑 대화를 하고 싶은 건 저니까요... 같이 게임을 하면... 우리 애가 속마음을 더 자주 털어놓아서 감사하지요..."

쿵이 엄마는 게임을 같이 하면서 집안 분위기가 부드러워졌다고 했다. 가끔 딸과 남편도 합세해서 온 가족이 배그를 하는데, 그게 참 좋단다. 가족 간에 e스포츠를 즐겨본 경험이 없는 나는, 그 '참 좋다'가 어떤 기분인지 잘 이해가 안 갔다. 하지만 서먹하던 사람들이 모여서 즐거운 시간을 공유하면, 그 관계에 어떤 변화가 일어나는지는 알고 있다.

여리고 말랑하게만 보였던 쿵이 엄마가 아들을 위해 배그를 했다는 게 내게는 신선한 충격으로 다가왔다. 보통 엄마들은 아들이 게임을 하면 어떻게든 방해하고 잔소리를 퍼붓지 않나? 아들이 반항이 심해

잔소리를 못 하면 '우리 아들은 게임을 너무 해서 걱정이다'라고 뒤에서 한탄이라도 늘어놓지 않나? 그런데 엄마가 아들이 좋아하는 게임을 같이 한다고? 이건 뭐 심리상담 책에서 본 사례 같은데? 마음이 아픈 사람을 도우려고 치료자가 아픈 사람과 같은 행동을 하며 라포를 쌓아간다는 그런 이야기, 나 책에서 많이 봤는데? 마치 내담자와 상담자가 관계를 형성하는 수준의 눈높이 맞추기잖아 이건? 그런데 그런 사례가 고급 상담실 밖에서, 가정에서도 이루어질 수 있는 건가? 우와! 쿵이네 하나만 보고 우리나라 어머니 수준이 높아졌다고까지 말하는 건 너무 나간 걸까? 하지만 정말 대단한걸! 이런 공감적 양육을 받으며 성장하면, 누구라도 조금은 더 예쁜 사람으로 자라나지 않을까?

나는 예쁘게 자라고 싶었지만 덜 예쁘게 자란 자다. 상대에게 넘치는 사랑을 품고서도 막상 그 상대에게는 결핍감을 선사할 수도 있음을, 사랑으로 꽉 찬 역설적 결핍감이 세상에 분명히 존재함을, 그런 결핍감을 주기도 하고 받기도 하며 절실하게 깨달은 그런 사람이다. 반면, 쿵이네 엄마는 품은 사랑을 그 모습 그대로 오롯이 전달하는 방법을 아는 자다. 그녀의 사랑법이 아름답다. 그런 사랑을 받으며 자라난 아이들은 세상을 좀 더 따숩게 살아갈, 좀 더 예쁜 사람들이 되리라.

나도 아름다운 사랑을 그대로 아름답게 주고받을 수 있는 사람이 되고 싶다. 달곰이를 상대로는 그게 어렵지 않다. 하지만 어디 고미처럼 시종일관 예쁘고 착하기만 한 존재가, 사랑을 주고받기가 이토록 쉬운 존재가, 사람 중에 쉽게 찾아지겠는가. 반대로, 나는 뭐 누군가에게 그런 사람이었겠는가.

언젠가 내 마음도 무럭무럭 자라서 쿵이 엄마 같은 배려를 주변과 나눌 수 있게 되면 참 좋겠다. 지금의 나는 사랑스러운 것을 사랑스러운 만큼, 딱 그만큼만 사랑하는 깜냥의 사람이다. 그래서 쿵이 엄마의 게임 취향이 이렇게 멋져 보이는 것일 테다.

뭘 자꾸 배워대는 언니

배움은 습관이다. 딱히 이유가 없더라도 취미삼아 소일삼아 뭘 자꾸 배워대는 사람들이 있다. 그 사람이 그 습관으로 재산이든 아름다움이든 건강이든 직장에서의 성공이든 뭔가를 성취하는 과정을 지켜보는 건 참 즐거운 일이다. 각본 없는 드라마에서 인간 승리를 목격하는 그런 기분이랄까.

"내 나이가 몇 갠데, 그걸 어떻게 해."
이렇게 말하는 사람들이 많다. 새로운 걸 시작하거나 배울 수 없다는 이유로 하는 말이다. 우스운 건 그 말을 하는 사람의 나이가 아주 다채롭다는 거다. 20대 중반의 젊은이가 이 말을 하는 것도 들어본 적이 있다. 당시의 나는 20대 초반의 더 젊은이였던지라, 그이는 내게 어른 행세를 하느라 그랬으리라.

"나도 네 나이라면 시작할 수 있지. 내 나이 돼봐. 예전만 못해."

어른 행세의 다음 말은 주로 이렇게 이어진다. 30대는 20대에게 이런 말을 한다. 그 체인은 줄줄이 이어진다. 40대는 30대에게, 50대는 40대에게, 60대는 50대에게, 70대는 60대에게, 체인은 끝도 없이 이어진다.

하지만 우리는 모두 안다. 어른 행세에 핑계 기운이 완전히 빠지는 나이란 없다는 것을. 100살을 넘겨도, 숨이 붙어있는 한 하고 싶은 걸 저지르는 인간들은 어딘가에 반드시 있게 마련이다.

"나도 하고 싶지. 근데 시간이 없어. 그럴 시간만 있으면 하지, 내가."

이렇게 말하고는 짬짬이 커피타임을 즐기고, 저녁마다 술자리에 빠지지 않는 사람들도 많다. 나쁠 것 없는 선택이다. 무척 즐거울 수도 있다. 주변 사람들과 즐기며 시간을 쓰는 게 인생의 우선순위라면, 사실 무척 흡족한 선택이 될 것이다. 하고 싶은 일이 없다거나, 어떤 일보다도 친구들과 어울리는 게 더 귀한 일이라는 주관을 가지고 어울리는 거라면 말이다.

다만, 어쩌다 보니 그렇게 흘러 다니고 있다면? 친구들과 어울리는 시간이, 자기가 하고 싶었던 다른 일들보다 우선한다는 판단 자체를 생략하고, 마구 휩쓸려 내달리는 사람들도 적지 않다. 그건 문제다.

이루고 싶은 꿈이 없는 사람, 정복하고 싶은 봉우리가 없는 사람이 과연 있을까? 그게 무엇이든, 없는 게 아니고, 무시하고 뭉개고 있는 거 아닌가? 향긋한 커피와 알싸한 한 잔 술을, 인생을 더 풍요롭게 즐기기 위해서가 아니라, 인생을 좀먹는 진정제로 쓰고 있다면, 그건 확실히 문제다.

나도 안다. 타인을 함부로 판단할 일이 아니라는 걸. 타인은 하나의 우주고, 그 자신도 본인을 다 알지 못하는데, 잠깐 스쳐 갈 뿐인 내가 그이를 판단하는 것은 지극히 어리석고 독단적인 일이리라. 하지만 아쉽게도 미미한 신호들로 무언가를 판정해 버리는 것은 인간의 본능이다. 인류 역사를 이어오며 우리의 생존 확률을 높여주던 고마운 본능 말이다.

나도 매일매일 순간순간 고맙고도 독단적인 이 본능에 휘둘리며 살아간다. 밖으로 드러내지는 않지만, 상대의 가치를 계속 저울질하며 살아가는 것이다. 그렇게 내 눈에 비치는 누군가는, 존경심 잣대의 높디높은 윗자리에, 또 누군가는 쩌어~어기 바닥 자리에 앉게 된다.

습관적으로 계속 멋져지는 부류의 사람이 있다. 나이가 많을수록 '나이 많아서 못해' 카드를 쓰기가 쉬워지고, 하는 일이 많고 중할수록 '바빠서 못해' 카드를 쓰기가 쉬워진다. 쎈 카드를 가진 사람일수록 그 카드를 쓰지 않았을 때 더 멋져 보인다. 그런 사람들은 내 존경심 잣대에서 점점 윗자리로 올라간다. 반대로, 약한 카드를 가진 사람이 그 카드를 많이 내돌릴수록 그이는 바닥을 뚫고 가끔 지하실에 터를 잡기도 한다.

내 존경심 스케일을 꾸준히 오르고 또 올라서 아주 높은 자리에 눌러앉은 언니가 한 명 있다. 직장 상사라서 면대면으로 만나면 언니라고 부르지는 않지만, 내 마음속에서 그녀는 '예쁜 언니'라는 이름표를 달고 있다.

그녀가 가진 카드는 쎄다. 일단, 고위직이다. 그녀의 자리는 정치적 사안에 대비하기 위해 휴일 반납과 야간 대기가 일상인 자리다. 그런 그녀 앞에서 바쁘다고 당당히 말할 수 있는 사람은 잘 없다.

하지만 그녀는 '나도 하고 싶은데 시간이 없어' 라고 말하지 않는다. 대신 그녀는 이렇게 말한다. '아 그거? 지난달부터 시작했어. 너도 해봐. 재밌어!' 이미 진즉에 시작했고, 지금도 하고 있단다. 시작하기 전에 할까말까 고민하는 법도 없다. 그렇게 시작한 건 또 한 달이 지나도 1년이 지나도 계속 이어 나간다. 뭐야 이 언니, 왜 이래?

물론 그녀는 '내 나이가 몇 갠데, 그걸 어떻게 해' 라고도 말하지 않는다. 대신 그녀는 이렇게 말한다. '내 나이 돼봐. 너도 할 수 있어. 나도 네 나이 때는 힘들었어.' 나이는 '못 하는 핑계'가 아니고 '하는 핑계'가 된다. 이거는 뭐, 역행자가 따로 없다.

배움은 습관이다. 그녀는 습관적으로 계속 멋져지는 종류의 사람인 것이다. 나이를 먹을수록 새로운 걸 기꺼이 시작하는 사람들의 개체수가 급속히 줄어든다. 그럴수록 대조효과로 그녀의 멋짐은 한층 더 해만 간다. 이런 무한 배움쟁이 같으니라고...

당신의 버킷리스트는 무엇입니까?

'버킷리스트'라는 말을 좋아한다. 거기 담긴 삶의 욕망도 좋고, 단어의 어원이 섬뜩한 것도 마음에 든다. '버킷리스트'는 자살할 때 목에 올무를 감고 올라선 양동이(버킷)를 차 버리는 행위에서 유래한다. 양동이 차기 전에, 곧 죽기 전에 하고 싶은 것을 담은 간절한 목록이 버킷리스트인 것이다.

누구나와 마찬가지로, 나에게도 버킷리스트가 있다. 살아있는 한 끝도 없이 이어질 내 버킷리스트에 항상 빠지지 않고 등장하는 것이 '존경스러운 사람들을 찾아 그들을 닮아가기'다. 등산하다가 쓰레기를 줍고, 내 취향이 아니라 상대의 취향에 맞춰 대화를 시도하고, 새로운 걸 배울 생각에 눈을 빛내는 그런 여자가 되고 싶다. 내 눈에 비치는 존경스러운 사람들이 소소하고 친근한 만큼, 그 존경스러운 구석을 수집하는 일도 각별하게 재미있다. 하루하루 그녀들을 수집하며 살아가다 보면, 언젠가는 그런 아줌마, 또 언젠가는 그런 할머니가 될 수도 있지 않을까?

건강과 노화에 관한 최근 과학 대중서를 보면 대체로 이렇게 말한다. 남을 돕는 행위가 나의 세포 노화를 지연시킨다고, 남을 도움으로써 오히려 나를 더 돕게 된다고 말이다. 어디 그뿐인가. 보드라운 이웃 관계가 생체시계를 되돌린다고도 한다. 이웃에게 친절을 베푸는 행위가 본인의 회춘법이라는 논지였다. 수십 년의 노화 연구로 노벨상을 받은 과학자가 300쪽에 걸쳐 강론한 젊음의 비결이 이런 것이다. 읽는 동안은 즐거웠지만, 다 읽고 나면 '그냥 명심보감이나 읽다가 낮잠이나 잘 걸' 하는 생각이 들기도 한다.

가장 귀한 것은 대체로 이런 식이 아닐까? 열심히 지구를 몇 바퀴씩 돌고 돌아 찾아낸 보물이 결국 자기 집 마당에 굴러다니던 돌멩이라거나 하는 그런 흔한 플롯같이 말이다.

닮고 싶은 언니들이 늘어난다. 아 물론 존경스러운 오빠들도 동생들도 다 있을 테지만, 그저 아직 나한테 수집 당하지 않은 것이리라. 여하간 그런 사람들이 늘어간다. 현대 과학이 이제야 찔끔찔끔 밝혀내기 시작한 황금 원칙을, 이미 예전부터 몸으로 실천하고 있는 그런 사람들 말이다. 닮고 싶은 사람들이 많다는 것은 얼마나 좋은 일인가. 주변에서 내가 가장 못난 사람인 채로 살고자 하는 것은 또 얼마나 큰 욕심인가. 거대한 욕심쟁이인 나는, 수집할 멋진 언니가 또 없는지 주변을 두리번거린다. 찾으면 찾아진다는 묘미가 있어서 멈추기도 곤란하다. 본의 아니게 재밌고 영롱한 사람들이 주변에 자꾸자꾸 늘어나고 있달까. 이거 참, 즐겁고도 난처하지 아니한가.

4. 5년차 7급공무원이 알려주는 회사생활 안꿀팁

매혹적인 공격의 기술 '험담 전달하기'

팀 회식이다. 반년만이다. 가성비 정육식당에서 소고기를 먹는다. 신선놀음 부러울 것 없는 맛이다. 5급 팀장님, 6급 남자 선배님, 6급 여자 선배님, 7급 나, 9급 남자 후배님, 이렇게 다섯이다. 세 남자는 엄청나게 마셔댄다. 두 여자는 엄청나게 먹어댄다. 고기에 취하는 기분이다. 아주아주 좋은 기분.

다섯이 허리띠 풀고 소고기를 먹었는데 19만 원이 나왔다. 훌륭한 가성비다. 술과 고기에 취한 팀원들은 오늘 한정 호형호제를 하며 투썸다방으로 2차를 간다. 흥겹게 취한 팀장님이 나에게 카드를 주며 먹고 싶은 케이크를 맘대로 주문하라고 한다. 아우 좋아서 입이 찢어질 정도다. 투썸다방 케이크는 짱맛이다. 오레오 아이스박스랑 이거랑 저거랑 3조각을 주문한다. 모두 내 차지다.

오늘 회식은 6급 여자 선배님이 이유 없이 소고기로 한턱을 내겠다고 나서서 꾸려진 자리. 오늘 그녀는 영웅이다. 소고기는 맛있었다. 그런 그녀가 따뜻한 뱅쇼를 우아하게 홀짝이며, 안 우아하게 케이크를 퍼먹는 나를 본다.

"팀장님이 미소 아끼는 걸 다들 아나봐요. 그 애들이 미소 험담을 그렇게 해요." 그녀가 빙글빙글 웃으며 말한다.

엉? 누가 내 험담을 한다고? 아이스박스에 촘촘히 박힌 촉촉한 오레오 맛에 감화된 나는, 지금 이 순간 아주아주 관대하다. 하지만 궁금은 하다. 누구냐, 내 험담한 그 애들은?

먹느라 바쁜 나를 대신해 남자 선배가 누군지 캐물어 준다. 실명이 오간다. 스무 명 남짓의 우리 과를 서열 순서로 나래비 세우면 허리부터 발끝까지에 포진해 있을 그녀들의 이름이 나온다. 나도 마찬가지로 허리 아래에 있는 처지인지라, 평소 살갑게 미소를 나누던 그녀들이다. 나 그 애들에게 욕먹고 있었구나. 새로운 정보다.

소고기로 일치단결된 이 순간만큼은 우리 팀의 공동체 의식이 절정에 달해있다. 팀장님과 남자 선배가 '어디 우리 미소를 욕하느냐' 버럭질을 해준다.

"누가 그러거든 단단히 꾸중을 해주세요."
팀장님이 여자 선배에게 신신당부를 한다.

"누가 뭐라든 우리 네 사람은 미소 편이야! 알지?"
술과 함께라면 최고 다정남으로 돌변하는 남자 선배가 장담한다.

"그냥 둬요~ 회사 다니면서 누구 욕하는 재미라도 있어야지~"

내가 쿨한 척 말한다. 지금 한정 세상 관대한 나는, 그저 웃는다. 소고기 영웅에게 정확히 누가 언제 무슨 말을 했냐고 묻지 않는다. 궁금하지만 알아봤자 쓸모없는 정보다. 내 뉴런이 아깝다.

기분이 좋을 건 없다. 누가 내 욕을 한다는데, 게다가 평소에 살갑게 웃어주던 사람들이 뒤에서 내 욕을 한다는데, 뭐가 좋겠는가.

하지만 비비 꼬인 성격에, 눈치도 상당하다고 자부하는 나는, 단박에 알아차린다. 오늘의 소고기 영웅이 나를 돌려까고 싶은 것이로구나. 그러지 않고서야 누가 내 험담을 했다고 부러 전할 까닭이 없다. 아마도 그녀들이 내 뒤에서 험담을 한 것과 같은 이유일 거다. 내 무언가가 거슬렸겠지. 소고기 선배님도 내 무언가에 거슬려서, 그녀들의 뒷말을 전하는 방식으로 나를 공격한 것이리라. 험담 전하기는 미묘한 공격이다. 때리고 싶은 사람을 때리면서, 책임은 다른 누군가에게 돌리면서, 자기 손까지 더럽히지 않는 기술이다.

이런 기술을 쓰면서, 공격할 의도는 없었다? 그럼 더 나쁘다. 멍청한 건 만악의 근원이니까. 내가 보기에 이 여자 선배님은 '만악의 근원'까지는 아니고, 그냥 내 어딘가가 아니꼬운 '그냥 사람'이다. 소고기 영웅을 탓할 생각은 없다. 좋은 부분이 있으면 당연히 별로인 부분도 있고, 다 그런 거지. 내 뭔가에 거슬렸을 그녀의 기분을 굳이 찾아서 풀어줄 마음도 없지만, 또 그 기분이 이런 마일드한 공격으로 표출되는 것도 탓할 마음은 없다.

인간의 뒷말 본능

뒷말이 난무하고 모두가 모두의 욕을 하는 것은 사람이 모이면 응당 어느 한 구석에서는 벌어지는 일이다. 사람들이 모두 인격자에, 조직 문화가 훌륭해도, 바뀌는 건 없다. 뒷말의 수준이 더 기품 있게 올라가거나 뒷말하는 사람의 비율이 조금 떨어질 뿐. 인간이 모이면 뒷말이 난다. 얼마나 험한 뒷말이 얼마나 많이 나는가, 이걸로 그 조직의 문화를 가늠해 볼 수 있다.

이직이 자유롭지 않고, 한 곳에서 뭉근히 곰국처럼 우려져야 하는 조직이라면 험담으로 소일하는 게 부서 업무의 10% 이상은 되지 않을까? 많게는 남 뒷말하는게 업무의 60%를 넘어서는 사람도 본 적이 있다. 뒷말 없는 조직은 없지만, 여기처럼 뒷말에 적합한 조직이 또 있을까? 여기서 살아가려면, 그냥 같이 즐기거나, 정신 승리를 하거나 등등 다양한 선택지가 있을 거다. 내 선택은 정신 승리다.

사람이 사람을 거슬려 하는 건 본능이다. 위험을 피하고 이로운 걸 취하는 본능이 있어서, 인류가 계속 살아남은 것 아니겠나. 거슬리는 무언가를 쑥덕거리는 것은 인류가 태초부터 써먹어 온 사회통제의 한 방법이다. 혼자 잘살지 말고, 다 함께 잘살아 보자는 거겠지. 거슬려하기도 뒷담화하기도 옛날에는 생사를 가르는 생존기술이었을지 모른다. 지금처럼 풍요로운 문명 사회에서는 하등 쓸모없는 짓거리로 보이지만, 뭐 어쩌겠나. 달콤한 디저트에 휘둘리는 내 입맛과 마찬가지로 하등 쓸모없더라도 그저 안고 가는 거다.

뒷담화를 전해들었으니, 그 여운이 앞으로 며칠은 갈 수도 있겠다. 하지만 길가다 껌을 밟은 수준의 일이다. 신경 안 써도 별일 안 생긴다. 내가 다치지도 않고, 우리 달곰이가 상하지도 않는다. 내 직장이나 집이나 통장 잔고에도 일체 아무런 변화가 없다. 정말이지 아~무 일 안 생기는 거다. 그러니 괜찮다. 당연히 기분이야 별로지만, 이런 건 그냥 괜찮기로 선택할 수 있는 일이다.

뒷담화는 하지도 않고, 듣지도 않기

싫은 사람 험담하기의 유혹에(이게 또 어찌나 달콤한지!) 자주 빠지기도 하지만, 여하간 기본 원칙은 변하지 않는다. 뒷담화는 하지도 않고, 듣지도 않기. 내 세상에는 착한 사람만 산다. 모두가 선의를 품고 있는 그런 무지개 꿈동산에 나는 사는 것이다. 이게 내가 선택한 세계관이다. 순전히 나의 편리를 위해서 선택한 내 결정이다.

일단 모두가 선하다고 내 눈에 필터링을 걸어 버리면 편해진다. 의심할 것도, 경계할 것도, 거리낄 것도 없어진다. 세상 편안하다. 그에 반해, 손해는 참 별거 없다. 뒤통수 맞기 정도니까. 뒤통수로 목숨이 오락가락하는 춘추전국 시대도 아니고 말이다.

내가 '착한 사람'이라고 착각한 '안 착한 사람'이 내게 할 수 있는 나쁜 짓이 대체 무엇인가? 때릴 거냐, 욕할 거냐, 삥 뜯을 거냐? 걱정 없다. 법이 보호해 준다. 내 손해보다 몇 배로 위자료 청구가 된다. 아님, 뭐, 승진 못 하게 하기? 이건 사람에 따라서 치명타로 여길 수도 있겠지만 안타깝게도 나한테는 아니다. 좋은 정보 안 주기? 직장에서 천만금의 정보를 얻을 수 있다고 생각하는 사람은 없길 바란다. 잘못하면 감옥 간다. 또, 아님, 뭐, 은근히 괴롭히기? 안 놀아주기? 선 넘으면 갑질로 신고하고, 안 넘으면 이쪽에서도 은근히 무시하면 된다. 그 중간에 아리까리한 괴롭힘이라면, 무시하기랑 신고하기를 번갈아 해보자. 이랬든 저랬든 별일 안 생기는 거다.

내가 사는 무지개 꿈동산에서, 내 뒷말을 했다는 그녀들은 착한 사람으로 분류된다. 날 거슬려하지만 그래도 웃는 얼굴로 인사를 해주는 훌륭한 사회인들. 고맙다고도 할 수 있다. 위선을 유지하는 데는 상당한 정신력이 소모된다. 기꺼이 그 힘을 써 주고 있는 게 아닌가. 그녀들이 혹시 어느 날 용기 충천해서 뒤가 아니라 앞에서 내 욕을 하면? 그러면 대응해서 같이 싸워드릴 수밖에 없으니, 이쪽에서도 상당히 피곤해진다. 그런 피로를 피하게 해주니 고맙지 아니한가. 물론 피차 험담을 아예 안 하는 게 제일 좋겠지만, 내가 완벽한 인간이 될 수 없는

데, 타인에게 그런 기준을 들이댈 수는 없다.

어디 그뿐인가. 욕먹기를 자처하는 건 하나의 마케팅 기법이 아닌가. 모두를 위한 방법은 아니지만, 모두가 씹어 댈 아이돌이 되어 주는 방법으로 유명세와 권력을 차지한 사례도 적지 않다. 미국에서는 그런 방법으로 대통령 자리도 차지하지 않던가. 유명해지려고 일부러 안티를 모으는 사람들도 있는데, 뒷말 몇 번 듣는 게 어디 대수겠는가. 타인의 비난과 질시를, 비행기를 날게 하는 공기의 저항에 비유하는 자기계발서도 많이 봤다. 개인적으로, 그거까지는 좀 과한 정신 승리라고 생각하지만 말이다.

모르는 곳에서 오가는 뒷담화에 내가 귀담아들어야 할 보석 같은 조언이 섞여 있는 것도 아니고(있어도 그냥 버리는 게 낫다고 본다. 쎄고 흔한 게 좋은 조언인데 뭐), 내 면전에 대고 싸우자고 시비 거는 것도 아니고, 세상 상관없다. 모르면 괜찮다. 이런 생각할 시간에 그저 빨리 내 몫의 일이나 해치우고 집에 가서 달곰이랑 어화둥둥 잡기놀이나 하고 싶을 뿐이다.

위선도 한결같으면 선과 진배없지 않을까? '솔직한 악'보다는 '꾸며놓은 선'이 훨씬 낫다는 생각이다. 애초에 위선이 몇 년이고 한결같으면 계속 위선이라고 부를 수나 있을까? 잘 유지되는 위선이라면 굴렁쇠 굴리듯이 계속 굴러가게 하는 게 최선일 수도 있지 않은가.

다음 날 아침.
"안녕하세요!"
목소리부터 생글생글 미소가 흘러넘친다. 언제나처럼 눈이 마주치면
솜사탕 미소를 돌려주는 그녀들과 아침 인사를 주고받는다.

'이 야누스 같은 여자야. 네가 내 욕을 하면서 시간과 생각과 뉴런을
나한테 사용해 줬구나. 아우 고마워라' 하는 생각이 들지만, 바로 털어
낸다. 무지개 꿈동산에는 맞지 않는 생각이니까.

탕비실에 들어간다. 소리 낮춰 속살거리는 소리가 들린다. 그저 웃는
다. 저 속살속살 소곤소곤이 모두 내 이야기일 수는 없다. 그렇다고 생
각한다면 내 쪽이 자의식 과잉인 거다. 돌아가면서 고루고루 다양하게
씹어야 제맛일 텐데, 나로만 편식할 리가 없지.

앞으로는 탕비실 들어가기 전에 인기척을 먼저 내볼까? 그럼 내 험담
을 직접 듣는 사태는 피할 수 있으려나? 아아 하지만 귀찮은걸. 그냥
들으면 듣는 거지. 그때 생각하자. 무지개 꿈동산에 사는 7급 공무원
은 그냥 웃고, 인사하고, 커피를 들고 자리로 돌아온다. 아아 정말 좋
은 사람들투성이다. 정말이지 멋진 하루가 될 거야!

5. 운 좋은 하루를 만드는 세 가지 기술

그래도 밥벌이는 신성한 것

'남의 주머니에서 내 주머니로 돈 옮기는 것만큼 어려운 일이 또 뭐가 있냐?' 드라마나 영화에서 가끔 듣는 말이다. 맞는 말일 수 있다고 생각한다. 모든 밥벌이의 현장에는 저마다의 고충이 있을 테니.

나도 또한 나만의 고충이 있다. 도청이라는 회사도, 5년 차라는 짬도, 행정부 공무원이라는 신분도, 다 나름의 이렇고 저런 구석이 있는 것이다. 사실 지금의 내 팔자는 그리 나쁘지 않다. 닮고 싶은 부분이 있는 사람들과 함께 일하고 있는 지금은, 호시절이 아닌가 하는 생각도 간혹 든다.

그래도 때때로 왜 플라톤이 중우정치 운운했는지 이해가 가는 일이 생기기도 한다. 민원인을 상대하는 공무원은 가끔 출몰하는 악질 민원인을 상대로, 선거로 뽑힌 상사를 상대하는 공무원은 간혹 발견되는 저질 상사를 상대로, 왜 우리가 민주주의라는 정치제도를 만들어서 이 지랄을 겪는지 의문을 품게 되기도 하는 것이다. 한스러울 때도 있다. 그런 치들을 상대로 점점 아부에 깊이를 더해가는 나 스스로가 우스울 때도 많다.

임용직은 답답하기가 벽돌과 같고, 선출직은 제멋대로 굴기가 은박지와 같다고들 한다. 삼권분립 민주주의 선진사회, 아아 자랑스러운 대한민국! 이 구성 요소들을 조목조목 뜯어보면 세금이 아까워서 이가 갈릴 정도다. 세금으로 먹고사는 한 조각의 벽돌 주제에 이런 말을 할 자격은 없는지도 모른다. 그래도 어쩌랴, 아까운 것을! 문제는 지금 이 답답하고 낭비적인 행태가 사실은 엄청나게 훌륭한 견제와 균형의 상태라는 것이다.

민주주의는 비싸다. 일을 하는 것은 권력자가 아니고 법과 체계다. 사람을 위한 사회는 사람에 의해서만은 굴러가지 않는다. 어떤 인간이 굴리더라도 중박 이상의 상황이 나올 수밖에 없는 그 '시스템'이 핵심이다. 그래서 민주주의가 답답하고, 또 그래서 지금까지 인간이 개발한 모든 체제 중에서 가장 쓸만한 녀석으로 손꼽히는 것이리라. 가까이에서 보면 돈이 줄줄줄 아주 줄줄줄줄 세는 모양새가 쌍질이 다 날 지경이다. 하지만 그래도 사람이 모여서 사람 사는 사회를 굴리는 체제로서, 지금 우리가 써먹고 있는 이 민주주의보다 더 나은 물건이 없다는 것 또한 사실이다.

지금 우리는 민주주의가 삼 천리 금수강산에 꽃피운 자치분권의 시대를 살고 있다. 그 지방자치 행정부에 들어가면 당신이 당할 일을 알려주겠다. 민생 일선으로 뻗어나갈수록 그 정도가 심해지는 일이다. '이 시정잡배들이 내가 헌신해야 할 대상이라고? 정말?' 하는 의문이 마음속에 뭉게뭉게 피어나리라. 그 의심의 구름은 사람마다 크기도 모양도 다 다르겠지만, 언젠가는 반드시 당신의 마음을 건드리게 될 거다. 또 가끔은 그 별별 신기한 종자들의 비위를 맞추는 것이 당신의 핵심 업무가 될 것이다.

'내가 적정 수준의 행복 레벨을 유지하는데 민주주의가 이렇게까지 방해가 되다니!' 하고 놀라게 될 수도 있다. 민주주의가 현재 우리에게 주어진 최선의 답지임을, 최선의 답지에도 필연적으로 지저분한 귀퉁이가 존재함을, 하지만 그 얼룩에도 불구하고 최선은 여전히 최선임을, 그렇게 수시로 자신에게 말해가며 정신 승리를 일궈내야 하는 상황을 마주하게 되리라. 써놓고 보니 꼭 예언자 카산드라같구나. 진실은 가끔 쌉쌀한 법, 뭐 어쩌겠는가.

타인의 주머니에 있는 돈을 내 주머니로 옮기려면, 그 타인에게 내가 가치를 제공해야 한다. 가끔 그 가치에는 '갑질 할 수 있는 권리'가 포함되어 있다고 착각하는 사람들도 있다. 사실 그 쪽수가 적지가 않다. 공무원을 상대할 때 그런 사람들은 평소보다 더 사명감을 가지고 스스로 가지고 있다고 착각하는 그 '갑질 할 수 있는 권리'를 휘둘러 댄다. 그 갑질에 휘둘려 허공에 흩어지는 것이 세금이라는 것을 모르는 것인지, 아니면 신경 쓰지 않는 것인지 묻고 싶을 정도다. 민주주의는 비싸다. 돈이 너무 아깝다. 하지만 대안이 없다.

그래도 밥벌이는 신성한 것. 일상은 계속되어야 한다. 나는 내 예민하고 까칠한 신경을 보듬기 위해 노력하며 살아간다. '내가 이거 왜 해야 해? 왜? 내가 왜?'하는 혼잣말을 계속 혼잣말로 남겨두기 위해, 멘탈 관리는 늘 필요한 법이니까.

멋진 하루를 강요하는 마우이 습관

그중 하나가 마우이 습관이다. 습관 관련 책 중에 내가 가장 좋아하는 책에서 추천해 준 아침 습관이다. 하다 보니 좋은 쪽으로 효과도 있고 중독성도 있어서 1년이 넘게 계속하고 있다. 하는 방법도 진짜 별거 없다. 하는 데 걸리는 시간도 1초 뿐이다. 그저 아침에 눈을 뜨자마자 한마디만 외치면 된다.

"오늘도 멋진 하루가 될 거야~"

이게 다. 나는 보통 발치에 있는 핸드폰 알람을 끄기도 전에 마우이 습관을 마친다. 이름이 마우이인 까닭은 나도 모른다. 책을 쓴 아저씨의 마음이리라. 따뜻한 해변과 훌라훌라 한가로운 정취가 떠오르는 이름이다. 참 잘 지은 이름이라고 생각한다.

이제는 완전히 내 일상으로 굳어진 마우이 습관은, 좋은 쪽으로 자체 증식 중이다. 하나의 습관은 비슷한 다른 습관들로 민들레 꽃씨처럼 퍼져가는 습성이 있단다. 멋진 하루가 되리라는 자신을 향한 속삭임은 점점 다정해진다. 말을 건네는 내 표정도 날이 갈수록 점점 부드러워진다. 쌩 아침에 표정과 목소리가 이렇게 보들보들 할 수 있다니, 가끔은 놀라울 지경이다. 기분 좋은 하루를 시작하는 나긋한 방법이 아닐 수 없다.

요즘엔 다정하다 못해 꿀이 뚝뚝 떨어지는 목소리로 달곰이에게도 인사를 건넨다. 마우이가 달곰이에게까지 번진 거다.
"달곰이도 오늘 멋진 하루 되세요~"

달곰이는 내가 아침에 몸을 일으키면 신나게 반겨준다. 개들이 원래 그런가? 귀가한 주인을 반기듯이, 잠 깬 주인도 그렇게 반겨댄다. 꼬리를 아주 엉덩이째 씰룩거리며 제자리를 뱅뱅 도는 다정한 멍멍이를 보면, 없던 사랑도 솟구치게 된다. 이로써 기분 좋은 아침이 완성된다. 마우이 컴플리션이다.

안타까운 건, 그 좋은 기분이 하기 따라서 10분도 채 안 갈 수 있다는 것. 잘 시작한 하루를 계속 잘 유지해 내는 것은 그 자체로 은근한 도전의 연속이다. 여기에 나는 어느 일본 1,000억 부자의 조언을 실천해 보기로 했다.

"난 참 행복해."
그 아저씨가 시켜서 중얼거리는 혼잣말이다. 자주 이 말을 주문처럼 중얼거리되, 그러려고 힘쓰고 애쓰면 안 된다는 게 그의 조언이다. 뭐든 힘을 빼고 해야 효과도 더 좋다나? 듣다 보면 감화되고 또 세뇌되는 그의 조언을 오늘도 실천해 본다.

"나는 정말 행복해."
밝은 마음을 먹으려고 굳이 힘쓸 것 없이, 행복한 목소리로 행복하다고 말하는 것만으로도 행복이 모이는 풍요로운 마음을 가꿔갈 수 있단다. 아무 계기 없이 좋은 기분을 만들어 내는 게 얼마나 힘든가! 하지만 아무리 엉망진창의 기분이더라도 밝은 척 꾸며낸 목소리로 한마디 말을 뱉어 볼 수는 있다. 그 말들이 쌓이고 쌓이면 몸도 마음도 주머니도 건강하고 행복해진다는 1,000억 아저씨의 주장에 홀려서, 요즘 한창 테스트 중이다.

그가 부자가 아니었다면 도를 아십니까 느낌의 이런 조언은 내 비웃음이나 사기 딱 십상이었다. 하지만 그냥 부자도 아니고 1,000억 부자라서, 없던 신뢰도 막 생겨나는지라 안 해볼 도리가 없었다. 그렇다. 나는 귀가 얇다. 그가 이룬 부도 부지만, 행복과 부를 둘로 보지 않는 그의 철학이 마음에 들었다. 그의 조언대로 해서 주머니까지 행복해지면 딱 좋고, 아니더라도 여하간 마음만은 확실히 행복해질 듯하니, 손해 볼 것이 없는 거래다.

말버릇 위시리스트

아저씨의 재산에 심취하여 내가 입버릇으로 붙여보려고 하는 말은 그 외에도 몇 개 더 있다.

"난 참 건강해~"
"못할 일 하나 없어~"
"정말 감사한 일이야~"

물결표를 붙여서 느긋하게 중얼거리는 게 포인트다. 각 잡고 외치는 게 내 스타일이지만, 애쓰지 말라고 했으니 별수 없다. 생각날 때마다 가볍게 읊조려 볼 뿐.

애쓰고 노력하고 스스로를 갈아 넣다가, 결국 투자한 만큼 다 못 거두는 인생. 주로 이런 패턴으로 지금까지 살아온지라, 힘 빼기가 막상 쉽지만은 않다. 힘써서 겨우 이 정도로 살고 있는데, 힘 빼면 어디로 굴러떨어질까, 긴장도 되고 말이다. 힘 빼는 것이 힘주는 것보다 더 힘들다는 말장난이 이해되기도 한다. 여하튼 1,000억을 깊이 흠모하는 나는야 욕심 많은 여자, 최대한 힘 빼고 아저씨의 말을 실천해 본다.

이런 달달한 혼잣말을 회사에서 내뱉을 배포는 없어서, 주로 집에서나 중얼거린다. 회사에서 모니터를 상대로 험한 쌍욕은 잘도 나오는

데, 행복하다는 혼잣말은 나오지 않는다니 그것도 좀 이상하다.

말, 말, 말. 전부 그냥 말이다. 그런데 이렇게 말뿐인 게, 또 기분 전환 효과는 없지가 않아서 계속 써먹고 있다. 멋진 사람과 데이트하기가 10점, 운동 마치고 헬스장 탈출하는 순간이 7점, 맛난 거 먹기가 4점, 고미랑 산책하면서 행복하다고 중얼거리는 게 3점, 고미랑 그냥 산책하는 게 2점, 진정제 처방약 먹기가 0점, 대충 기분 전환 효과를 따지면 이렇다. 나한테 찰떡처럼 맞는 처방약은 어쩌면 그 효과가 10점 이상이 될 수도 있겠지만, 아직 그분을 뵙지는 못했다. 혹시 중독될까 쫄려서 함부로 찾아 나서지도 못하고 말이다.

그래서 매일같이 나는,
"오늘도 멋진 하루가 될 거야~"하고 침대에서 일어나서
"달곰이도 멋진 하루 되세요~"하고 고미를 토닥거리며 집을 나서고
"난 참 행복해~"하고 비밀스럽게 중얼거리며 하루를 보낸다.
운 좋아지고 싶은 여자가 운 좋은 하루를 만들려고 실천하는 세 가지
방법이랄까.

이런 별것 아닌 루틴에서 별것스러운 힘을 끌어내는 생활의 방식을 좋아한다. 멍멍이와 함께하니 그런 방식을 배워가기가 한결 더 수월하다. 다양한 심리 전술과 어쩌라고 마인드로 급발진 스트레스에 대처하고, 이런 혼잣말로 민주주의가 선물하는 자괴감에 기분 전환을 꾀한다.

행복해지는 방법은 많이 알수록 좋다. 옷장의 옷보다도 행복의 툴박스가 다양한 사람이 되고 싶다.

6. 끓일수록 더 맛있어지는 스튜 같은 인생

맛있는 스튜에 좀 진심인 편

스튜를 좋아한다. 스튜의 자작한 국물에 담긴 뜨끈하고 뭉근하고 농후한 맛의 연륜. 그득그득 풍요로운 건더기가 포근포근 살살 흩어지고 망그러지는 연약한 질감. 모두 못 견디게 좋아한다. 스튜를 딱 알맞게 즐길 수 있어서 겨울을 좋아한다고 말해도 좋을 정도다. 돌멩이 하나로 마을 사람들이 재료를 하나둘 주섬주섬 모아서 훌륭한 스튜를 끓여낸다는 동화를 처음 읽었을 때부터 스튜가 좋았다.

본투비 먹보라서, 어릴 때 동화책을 고를 때도 음식이 어떤 식으로든 들어간 걸 좋아했다. 백설공주가 먹는 사과, 라푼젤 엄마가 먹는 라푼젤 상추, 떠돌이 사나이가 끓인 돌멩이 스튜, 마법의 솥이 한정 없이 만들어 대는 국수, 그런 것들에 열광했다. 돌멩이 스튜는 책에 따라서 돌멩이 스프로 적힌 곳도 많았다. 사나이가 끓인 것이 스프인지 스튜인지 하는 진실은 사나이만이 알 것이다.

떠돌이 사나이가 한 마을에 당도한다. 마을 인심이 각박해서 사나이는 어디에서도 저녁거리를 얻지 못한다. 하지만 사나이는 아랑곳없이 무쇠솥을 모닥불 위에 걸고 요리를 시작한다. 자기에게는 세계 최고의 스튜를 만들어 주는 돌멩이가 있다면서. 돌멩이에 물을 넣고 끓이기만 하면 된다며 노래까지 흥얼거린다. 예나 지금이나 있는척하기는 훌륭한 마케팅 수단인지라 마을사람들이 호기심에 모여든다. 사나이는 프로 마케팅꾼답게 하나 둘 말을 흘린다. 돌멩이 스튜는 이미 세계 최고로 맛있지만, 거기에 감자만 몇 알 더 있어도 둘이 먹다 하나만 있게 되도 모를 맛이 날 텐데 하고. 자기에게 감자 몇 알이 있다며 사나이의 낚시에 부응하는 동네 아저씨가 나선다. 사나이의 한탄은 당근만 몇 줄기 있었으면, 뼈다귀만 몇 개 있었으면, 사탕무만 몇 개 있었으면 등등 다양한 변주로 이어진다. 그 한탄마다 낚이는 마을 사람들이 있다. 결국 멀쩡한 스튜가 완성되어 온 마을 사람들이 돌멩이 스튜 잔치를 벌이게 된다. 이기심과 호기심에 휘둘려 마케팅의 노예가 되고 마는 인간 본성에 대한 통찰이 담긴 명작이다.

길 위의 나그네가 온 마을을 먹일 대왕 무쇠솥은 왜 지고 다니는가 하는 의문과, 사탕무는 대체 무엇인가 하는 의문과, 우리 할머니는 며칠 전부터 핏물을 뺀다고 물에 담가 두는 뼈다귀를 바로 끓는 물에 퐁당 넣어 버리는 사나이의 레시피는 대체 무엇인가 하는 의문과, 이 외에도 여러 가지 의문이 꼬리를 이었다.

그래도 결국 마지막 장에 이르면 모닥불 위에서 보글보글 끓고 있는 스튜와 그 주위에 빙 둘러앉아 행복한 표정으로 스튜를 나눠 먹는 마을 사람들이 있었다. 함께 모여 음식을 나누는 것이 인간 행복의 원형이라는 사상이 그 마지막 장면에 담겨 있었다. 이에 감화된 당시의 나는, 모든 마법이 스튜에 들어있다는 생각을 하기에 이른다. 당시 나는 유치원생이었다.

"할무니, 스튜가 무어야?"
"몰라~ 쩌리 가서 막내고모한테나 물어봐~"
"고모야, 스튜가 뭐야?"
"음... 그건.... 네가 아침에 먹은 시래깃국 같은 거야. 별거 아냐."

유치원 선생님으로 일하던 막내고모는, 'OO이 뭐야?'에서 이어지는 'OO이 사줘!!'의 패턴을 명확히 인지하고 있었다. 조카가 싫어하는 시래깃국을 예로 들고, '별거 아냐'로 마무리하는 노련함이라니.

"아닌데...... 시래기 아닌데에..... 흐앵...."
돌멩이 스튜 동화를 다양한 버전으로 탐독한 나는, 온 동네 사람들이 고작 시래깃국으로 하나 된다는 상상은 할 수가 없었다. 동화 삽화에서 봤던 스튜도 시래기보다는 훨씬 다채로운 속재료를 가지고 있었고 말이다. 스튜란, 뭔가 마법 같고, 뭔가 서양스러우며, 뭔가 신비로운 미지의 먹거리인데... 시래깃국 같은 거일 리가 없지 않나. 유치원생은 무척 답답했지만, 세상의 이치를 모두 꿰고 있는 유치원 선생님이 하는 말에 토를 달 수도 없었다. 그저 답답함을 어린이의 작은 마음속에 감춰둘 수밖에.

커져만 가는 스튜 사랑

그 어린이는 무럭무럭 늙어서, 어느 날 실제로 스튜를 시래깃국처럼 먹어온 사람들을 만나는 여행길에 오르기도 하고, 스튜 만드는 법을 보여주는 요리책을 읽기도 하고, 스튜를 만들며 인생을 바꾸는 이야기 영화를 보게도 된다. 그러면서 한결같이 스튜 사랑을 키워가게 된다.

여행길에서 만난 네덜란드 언니에게 '굴라쉬' 만드는 법을 배웠다. 한 번 얻어먹은 그 눅진한 스튜가 맛있어서, 내가 졸라서 배우게 된 것이다. 내 인생 첫 스튜 제조였다. 네덜란드 사람에게 배우는 굴라쉬라니, 베트남 사람이 가르쳐주는 김치찌개랑 마찬가지로 조금 애매하다. 하지만 멋지면 다 언니고, 맛있으면 다 원조다. 그날 그녀에게 배운 굴라쉬는 헝가리 본토 굴라쉬와는 다를 테지만, 충분히 만족스러웠다. 재료값이 엄청 들고(소고기!!), 만들기는 엄청 쉽고(그냥 다 때려 넣고 끓이면 됨), 시간과 가스가 엄청엄청 들어간다는(하루종일 곰국 우리듯 약불로 끓여대야 함) 것이 스튜다웠다. 무엇보다도, 만들고 나서 다음 날이 더 맛있고, 또 그 다음 날은 더더 맛있어지는 것이, 그야말로 찐 스튜였다.

'줄리 앤 줄리아'라는 영화를 열 번도 넘게 봤다. 밍밍하고 슴슴한데, 버터향이 찐하게 나서 내 취향이었다. 영화의 메인 디쉬 격인 '비프 부가뇽'도 몇 번이나 만들어 보았다. 굴라쉬가 칼칼한 버전의 비프스튜

라면, 부가뇽은 느끼한 버전의 비프스튜였다. 레시피라는 게 복잡해지면 끝도 없이 복잡하지만, 또 간결해지려면 막장으로 간결하기도 하는 것이라, 나는 비프 부가뇽을 여러 버전의 복잡도로 시도해 보았다.

그리고 묘한 진리를 깨달았다. 아하 스튜처럼 뭉근하게 다 뭉개 버리는 레시피에 여러 가지 다양한 재료로 여러 가지 다양한 기교를 부리는 건 쌈 소용없는 짓이구나. 간결한 레시피의 부가뇽도, 엄청 복잡한 레시피의 부가뇽도, 다 맛있었고 대충 비슷했다. 우당탕탕 실수를 하든, 애지중지 정성을 쏟든, 휘뚜루마뚜루 구색만 갖추든, 다 원점으로 수렴한다. 결국 모든 것이 소고기와 와인과 시간이라는 제로 베이스로 귀결된다. 모든 나쁜 것이 용서되고, 모든 좋은 것이 뭉개진다. 이 점이 스튜의 커다란 단점이자 장점, 스튜의 참 매력인 것이다.

점점 부유해지는 우리나라에 발맞춰, 나님의 먹보 취향을 만족시켜줄 먹거리들은 점점 더 다양해졌다. 이제 내게 스튜는 더 이상 매직푸드가 아니다. 일상을 구성하는 하나의 버라이어티, 일개의 변주다. 하지만 무척이나 아끼는 변주다. 다양한 걸 즐기다 보니 비슷한 것들을 묶어 카테고리를 만들 여유도 생겼다. 스튜, 찌개, 찜은 한 가족으로 묶였다. 스프, 국, 탕도 지들끼리 한 가족을 이뤘다. 두 가족은 엄연히 다른 씨족이지만, 대충 서로 혈연이다. 결국 시래깃국과 스튜가 비슷한 거라던 고모의 아무 말은, 시간이 흘러 진실 비슷한 걸로 밝혀졌다.

내 취향은 오랜 시간 뭉개야 하는 스튜네 가족들에게 더 정을 준다. 이런 내 취향은 음식에만 국한된 것이 아닌, 전반적인 삶의 영역에 두루 미친다. 스튜를 좋아한다. 스튜 같은 라이프스타일을 좋아한다. 겪어보니 나는 그런 사람이었다. 뭉근하게 오래오래 끓인다는 것 자체에 매력을 느끼는 지도, 느리게 만들어 느리게 먹는 분위기를 좋아하는 지도, 잘난 거 못난 거 다 무시하는 그 방만한 너그러움을 좋아하는 지도, 만들고 나서 하루하루 시간이 지날수록 더더욱 맛있어지는 그 수더분한 넉넉함을 좋아하는지도, 어쩌면 전부 다인지도 모르겠다.

스튜처럼 뭉근히 오래오래 익혀가는 평생의 천직, 평생의 친구, 평생의 건강, 평생의 취미, 이런 것들에 설렌다. 나라는 한 개인이 지향하는 뭉근한 라이프스타일의 구성 요소들이니까. 평생의 반려 멍멍이, 이 또한 나를 설레게 한다.

"절대 후회 안 해요. 갈수록 좋아지는걸요."
달곰이를 입양하러 갔던 날, 센터 직원이 상담해 주기를 기다리던 중, 한 여인을 만났었다. 나처럼 새 가족을 입양하러 온 게 아니었다. 어쩌다 잃어버린 자기 가족을 찾으러 온 여인이었다. 잃어버린 멍멍이를 며칠이나 찾아 헤맸는지, 짙은 다크 써클이 마치 너구리 같았다. 하지만 숨길 수 없는 피로에도 불구하고, 그녀의 눈은 기쁘게 빛나고 있었다. 엄마의 실수로 현관문이 잠시 열려있었는데, 그 틈에 멍멍이가 가출해 버렸었단다. 그녀는 지난 며칠간 온 가족이 애를 태우며 멍멍이를 찾아다녔던 사연을 쉴 새 없이 재잘거렸다.

"멍멍이랑 같이 살기로 한 거, 후회할 때는 없으셨어요?"
내가 물었다.
"절대 후회 안 해요. 갈수록 좋아지는걸요."
그녀가 말했다. 눈빛도 확신에 차서 이렇게 말하는 듯했다. 후회 없을
거예요, 당신도.

곧 직원이 여인의 잃어버렸던 멍멍이를 데리고 나타났다. 직원은 멍멍
이 인식표가 없다고 그녀를 꾸중했고, 구경하는 나는 꼬수운 기분이
들었다. 그녀는 당장 갖추겠다고, 법이 그렇게 바뀐지 몰랐다고, 할머
니 멍멍이라 자기가 방심했다고 변명을 늘어놓았다.

할머니 멍멍이? 듣고 보니 정말 영락없는 할머니, 15살이 넘은 후줄근
한 마티즈였다. 필연적으로 다가올 이별을 앞두고도, 내게 후회가 없
노라 말하던 그녀가 인상 깊었다.

그때로부터 3년이 흘렀다. 후줄근했던 할머니 멍멍이는 아직 살아있
으려나? 그러길 빈다. 멍멍이와 함께하기로 한 선택에 절대 후회 없다
던 그 여인의 가족으로서, 부디 오래오래 행복하기를.

이제 나는 그녀의 단호함을 이해하게 되었다. 그녀의 단호함은 나의 단
호함이 되었고, 그녀의 확신은 나의 확신이 되었다. 갈수록 좋아지는
행복감을, 나도 이제는 체험으로 알고 있다.

달곰이와 함께 한 지 3년, 진짜 매일매일이 더 좋아진다. 사고를 쳐도 예쁘고, 미웠다가도 금세 예쁘고, 달곰이가 나를 때려도 또 예쁘다. 물론 당장 얻어맞고 통증이 남아있는 그 순간, 사고 뒷수습을 하는 그 순간은 짜증도 난다. 하지만 내 꾸지람에 의기소침해진 달곰이를 보면, 못 견디게 짠해서 계속 화를 낼 수가 없다. 화가 많은 나에게, 달곰이는 흡사 소화기 같다. 달곰이가, 달곰이와 함께하는 내 삶이, 달곰이와 함께 행복한 내 자신이, 모두 다 매일매일 더 좋아진다. 이러니 후회를 할래야 할 수가 없다. 마치 시간이 지날수록 더 맛있어지는 스튜 같다. 달곰이 반려 라이프 스튜.

단출하고 자유롭게 혼자 사는 사람으로서, 개가 있기에 포기해야 하는 것들도 있다. 외박하는 자유, 집에 처박혀 오래오래 안 나갈 자유, 늦게 귀가할 자유 등등. 돈도 적지 않게 든다. 사료에, 간식에, 영양제에, 응아봉투에, 배변패드에, 장난감에, 산책 도구에, 가끔 옷도 산다. 때 되면 병원 가서 접종하고, 검사하고, 아프면 처치 비용도 장난이 아니다. 최근에 곰이가 장염에 걸려서 들어간 돈이 30만 원 정도인데, 이건 정말 싸게 마무리된 거다. 병원비는 곰이가 나이를 먹어갈수록 더 많이 들 거다. 당연하다.

걱정해도 바뀌지 않는 일은 걱정하지 않기로 한다

무엇보다 최악은, 고미의 수명이 나보다 확연히 짧다는 거다. 한날한시에 같이 떠나기를 기약하기에, 우리는 타고난 수명이 너무나 다르다.

무병장수의 꿈을 이룬다는 가정하에, 나는 150살을 살 거고, 고미는 20살을 살 거다. 인연이 다해 언젠가는 헤어질 때가 올 거다. 고미는 지금 5살이니, 그 언젠가는 길어야 15년 후가 될 거다. 나는 고미를 먼저 보내고 아주아주 긴 시간을 살아가겠지.

걱정해도 바뀌지 않는 일은 걱정하지 않기로 한다. 그냥 슬퍼만 하기로 한다. 그것도 지금 말고, 그때 닥쳐서 슬퍼하기로 한다. 그때의 나는 지금보다 풍요로운 일상을 누리고 있으리라. 내가 그렇게 만들 거니까. 곰이는 내가 쌓은 부와 여유에 힘입어 현대 수의학이 제공하는 모든 처치를 받을 것이다. 그러다 내 품에서 사랑한다는 속삭임을 쉼 없이 들으며 안락하게 다리를 건너리라. 과연 그게 안락한지 아닌지는 내 알 수 없는 영역이지만, 나중에 달곰이를 다시 만나면 그때 어땠는지 직접 물어보기로 하고, 그때까지는 그냥 좋을 대로 생각하기로 한다. 멀쩡한 장례식도 치르고, 유해는 예쁜 돌멩이로 만들 거다. 곰 돌멩이는 내 남은 평생 이사 가는 집마다 따라다닐 거다. 그러다 내가 갈 때 같이 묻히거나 화장되겠지. 그때까지 이 지구가 기후위기를 버텨내고, 내가 사람답게 살다가 사람답게 갈지는 모르겠다만, 요즘 세상 돌아가는 걸 보면 그러기 참 힘들 수도 있겠다는 생각이 들기도 하지만, 여하간 그건 별개의 문제이니, 다른 때 고민하기로 한다.

어차피 끝은 죽음이더라도, 나는 오늘 살아있어서 행복하다. 마찬가지로, 어차피 헤어질 운명이더라도, 나는 오늘 달곰이와 함께여서 정말 행복하다. 사랑하는 마음은 한 가지다. 사랑하는 존재를 떠나보낸 슬픔을, 이미 안다. 물론 또 닥치면 죽네 사네 오두방정을 떨면서 온 존재로 아파할 테지만, 그래도 또 살아진다. 아플 것이 두려워 아예 사랑을 안겠다는 것은, 재산세 나온다고 좋은 집을 버리겠다는 것과, 다를 바 없다고 생각한다.

헤어짐은 딱 죽도록 아프기는 하다. 그래도, 그럼에도, 함께하는 행복은 절실하도록 가치 있다. 사람이란 신기한 존재라, 같은 상실에도 하기에 따라 더 아플 수도 덜 아플 수도 있다. 그래도 살면서 겪어 온 상실을 통해 내게는 경험칙이 남았다. 상실의 고통은, 상실한 대상이 선사한 기쁨과 비례한다는 것. 기쁨과 고통은 한 몸이라 떼어낼 수 없더라는 것. 이 기쁨과 고통 일체형 세트를 삶에 들여놓는 게, 살아있음에 주어지는 진짜 선물이라는 것. 인간이 강건할수록 일체형 세트의 밝은 면이 더 도드라진다는 것. 그래서 더욱 기꺼이 이 선물 꾸러미를 품어 안게 된다는 것. 그게 생의 참맛, 가치의 원천이라는 것. 이것들이 나의 세계에서 진리로 통하는 경험칙들이다.

오늘도 보글보글 고미와 고미언니의 스튜가 끓는다

스튜 끓이다 너무 멀리 나갔다. 뭐 나쁠 건 없다. 끝에 대한 상상은 하루하루 더 깊어지는 달곰이와의 일상 스튜 맛을 더 음미하도록 만들어 주니까. 한 번 더 예뻐해 주고, 한 번 더 보듬어 주고, 한 번 더 산책을 같이하고, 한 번 더 마주 보고 웃어줘야지. 함께하는 순간들을 가능한 한 귀하게 아끼며 살아가야지. 우리의 이 소중한 일상을, 이 삶의 스튜를, 꿀떡꿀떡 막 삼켜 버리지 말아야지. 오감을 총동원해서 한 입씩 아껴가며 맛봐야지.

재산을 착실히 불려가야지. 수중에 들어온 푼돈도 함부로 낭비하지 말아야지. 우리의 일상을 안전하게 지켜내고, 달곰이의 하루를 안락하게 해주려면 돈은 많은 게 좋으니까. 해줄 수 있는 건 다 해줘야지. 아스프리씨가 자기 멍멍이에게 먹인다는 수명연장 영양제도 언젠간 사다 먹여야지. 돈 버는 목적이, 돈 자체 때문이 아니라, 우리 스튜에 맛을 내기 위함임을 잊지 말아야지.

'그릿'이라는 책이 있다. 그 책에는, 원하는 것을 얻기 위해서는 뭉근하게 버티는 끈기가 중요하다는 메시지가 담겨 있다. 내게 '그릿'은 맛있는 라이프 스튜를 끓이기 위한 요리책이었다. 특히, 천직을 찾는 사람들에게 해주는 책의 조언은, 모든 값진 것을 찾는 사람들을 위한 조언으로 바꿔 읽어도 전혀 무리가 없었다. 평생의 천직, 평생의 반려자, 평생의 취미, 평생의 라이프스타일, 평생의 가치관 등등 어떤 것이든 말이다.

'그릿'에서 알려준 운명의 상대(천직이든 천생연분이든 뭐든) 찾는 노하우를 요약하면 이렇다. 운명의 상대를 만나면 첫눈에 알아볼 거라는 생각은 착각이다. 첫눈에 반하는 사랑은 불가능하지는 않지만 허황되다. 첫눈에 반하는 느낌만을 지표로 운명의 상대를 찾는다면 시간 낭비를 신나게 하게 될 거다. 운명의 상대를 만난 첫인상은, 그냥 살짝 괜찮은 정도면 충분하다. 정말 아닌 상대만 살살 피해서 다양한 상대를 만나보며 경험의 범위를 확장해 가는 과정이 필요하다. 세상에 어떤 상대들이 있는지 두루 이해하고, 내게 맞는 상대는 어떤지 밑그림을 그리기 위함이다. 그렇게 뭉근히 차근히 찾아가는 운명의 상대는 단 1명이 아니라 여러 명이 될 수도 있다. 하지만 누구를 고르는지는 중요하지 않다. 스스로 경험으로 찾아낸 상대라면, 그 중 누구와 함께해도 행복할 수 있기 때문이다.

중요한 것은 첫눈에 반하는 게 아니다. 상대가 누구냐도 아니다. 실상 중요한 건 미미하게 시작된 작은 불씨를 키워가는 과정이다. 운명의 상대는 찾는 게 아니고 만들어 가는 거다. 마치 스튜처럼 말이다. 적합한 상대, 적합한 재료여야 하지만, 거기에 집착할 필요는 없다. 스튜는 재료의 예술이 아니라, 과정의 예술이니까. 적당히 맞는 상대를 찾았다면, 뭉근한 불로 오래오래 적절하게 익혀내는 데 집중해야 한다. 그 과정이 핵심이고, 그 과정에 기술과 품이 든다. 고될 수 있음을 알고, 순순히 감내할 일이다. 스튜 끓이기는 바로 그 과정이 전부이니.

힘들고 피곤한 일이지만 들인 노력과 시간은 또한 평생에 걸쳐 과분하게 보상받는다. 헌신하면 헌신할수록 더 재밌어지는 천직, 자신을 충만하게 만드는 소명과 열정, 삶의 지지대가 되는 반려자, 그와의 안정적인 관계, 인생에서 이보다 큰 보상은 찾기 힘드니까 말이다.

'그릿'은 제대로 된 스튜 레시피다. 뭉근히 스튜처럼 익혀가는 평생의 사랑,

평생의 천직, 평생의 반려멍, 이 모두가 내가 꿈꾸는 뭉근한 라이프스타일의 조각들이다. 전부가 유일무이 하나씩일 필요는 없겠지. 각자 다 여러 개일 수 있겠지. 하지만 그 순간 하나하나는 내 세상의 전부일 거다. 충실해야지. 최선을 다해 사랑해야지.

오늘도 보글보글 달곰이와 나의 스튜가 끓는다. 내일은 더 맛있어질 우리의 반려 라이프 스튜. 그 행복한 맛이, 그 내일이 기대된다.

떡볶이도 1인분이 제맛
호쾌한 혼삶

1. 남편은 없어도, 집은 있어요

저는 자가에 삽니다만...
"우리 집~ 4층 빌라~ 물이 새는 우리 집~ 명의는 내 앞인데, 실제 주인 달곰이~"
'내 동생 곱슬머리, 개구쟁이 내 동생~ 이름은 하나인데, 별명은 서너 개~'동요 가락에 맞춰 흥얼거린다.

작사를 다시 해서 익숙한 노래를 부르는 건 언제나 재밌는 혼자 놀기 방법이다. 이래서 곧 생길 나의 짝꿍은 말장난이 통하는 사람이어야 한다. 이런 노래를 부르는 나랑 계속 상호 존중감을 유지하려면 실없는 유머 감각이 필수니까.

"경매로 낙찰받은 짐덩이~ 인테리어 수리할 땐 빡쳐요~ 요즘에 비오니까 물 샌다~ 젠장 젠장 이를 어째"
가락이 깔아주니 불평불만은 가사가 되어 잘도 풀려나온다.

대한민국 방방곡곡 부동산이란 부동산은 모두 하늘로 날아오르던 2021년, 나 빼고 다 부자 되는 기분에 몰이 당한 나는 이상한 집 하나를 패닉바잉 했다. 제대로 앞뒤 분간 안 되는 상태에서 '아몰랑 무조건 사! 못 먹어도 고! 무조건 고고!' 하는 느낌으로다가.

핫한 부동산 유튜버의 경매 강의를 350만 원이나 내고 듣고서는, 연습하던 중에 '아 강 사' 해버린 거다. 생각 없이 '질렀다'라는 표현이 딱 맞는 그런 상황. 당시의 나는 돈도 없어서 신용대출을 박박 긁어 낙찰 잔금을 치러야 했다. 낙찰가는 8천만 원.

경쟁 입찰자도 없었다. 싸고 좋은 물건에 경쟁이 없다? 그런 일은 없다! 하지만 당시에는 낙찰받는다는 것 그 자체로 신나고 두근거리기만 했었다.

명도를 위해 전 집주인을 만났다. 친절하게 열쇠를 건네준다. '사주셔서 감사합니다'란다. 좋은 걸 헐값에 빼앗기는 상대가 친절하다니? 안 좋은 걸 비싼 값에 떠넘기는 상황이어야 친절한 거 아닌가? 아아 사고 쳤구나. 그제야 나는 제정신을 차렸다. 하지만 계약금 800만 원이 아까우니 그냥 끝까지 가기로 한다. 한번 시작한 바보짓은 매몰비용 효과로 그 다음 바보짓을 부른다.

태풍이 불면 돼지도 하늘을 난다. 이 말을 한 사장님을 존경한다. 말 자체도 맞는 말이라고 생각한다. 무려 경매장씩이나 가서 쟁취(?)해 온 8천만 원짜리 30년산 옥탑빌라는, 전형적인 돼지였다. 태풍이 끝나면 영락없이 지상으로 추락할 그런 돼지. 동물들이 모두 날아다니길래 아무거나 일단 잡고 보니 이런 사고가 생긴 거다. 지금 날고 있다고 모두 날짐승은 아니란 걸, 태풍은 드물고 절대로 오래 갈 수 없다는 걸, 너무도 당연한 그런 사실을 당시에는 몰랐다. 뭐 알았다고 해도, 승승 불고 있는 태풍에 마음이 들떠서 와 닿지는 않았을 거다.

회사에서 신용대출을 땡겨서 주식하는 남자들을 자주 봤다. 아는 사람이 적어서인지 아직 이런 패턴을 보인 여자는 못 봤는데 말이다.

패턴은 이렇다. 아는 놈이 주식으로 돈을 벌었다. 나도나도 하는 기분에 신용대출로 자금을 끌어온다. 시종일관 부인한테는 비밀을 지킨다. 가정에 신용부채가 생겨난 줄 부인은 전혀 모르는 거다. 북한 뉴스앵커 뺨치는 선동적인 목소리의 주식 유튜버 영상을 하루 종일 챙겨보며 공부(?)한다. 코스탈로나나 버핏이나 린치의 책 따위는 볼 생각이 없다. 다 케케묵은 옛날이야기, 죽은 지식이기 때문이다. 조금 돈이 벌리는가 싶지만 결국 늦든 빠르든 그의 주식놀이는 손실을 낸다. 주식판에 제대로 물려 버리는 거다. 매월 신용대출 이자는 따박따박 나가는데, 투자한 종목은 영롱한 바다색 선만 그어댄다. 이런 식이다. 놀라울 정도로 유사한 패턴이 사람마다 반복되더라.

그들의 부인이 안쓰럽다고 생각했다. 아이들은 더더욱. 부양가족까지 있으면서, 백 년 묵은 구렁이 코스탈로나가 절대 금지한 '대출로 주식 놀이'를 시작한 그들을 이해할 수 없었다. 그런데 거저 줘도 피해야 할 돼지를 달려가서 귀하게 모셔 온 체험을 직접 하고 나니, 그들이 왜 그러는지 그 속내를 조금은 이해할 수 있게 됐다.

바보짓을 이해하게 되었습니다.

내 경매 선생님은 분명히 기분에 휩쓸려 사 버리고 싶은 마음이 들 것이라고 경고했었다. 착실한 학생인 나는, 분명히 그 경고를 마음에 새겼었다. 하지만 모든 것이 붕붕 날아다니는 상승장 폭풍 중에는 어떤 가르침도 실상 무용지물이었다.

당장 뭐든 사지 않으면 큰일이 날 것만 같다. 조급함이 머리를 마비시킨다. 그렇게 머릿속 지식 따위는 가볍게 무시하게 된다. 조급한 마음은, 두뇌 전체보다 훨씬 무거운 거였다.

아 뭐 그래서 내가 잘했다는 건 절대 아니고, 그들의 부인이 안 불쌍하다는 것도 전혀 아니지만, 그냥 왜 여기저기서 바보짓이 계속 반복되는지, 몸소 체험해 보니 조금은 이해가 갔다는 거다.

8천짜리 집 중에 돈이 될 녀석들은 찐 고수의 눈에만 보이는 거다. 나 같은 아무나가 편하게 살 수 있는 수익성 좋은 8천짜리 집이란 없다. 내실 있는 잡주란 없는 법이니까. 이 녀석들은 태풍이 불어야만 살짝 들썩하고 만다. 그 외에는 언제나 사시사철 상록수처럼 그 자리에 그대로 머무른다. 낡아가면서 값이 스리슬쩍 내려가는 경우도 태반이다. 이 녀석들조차 들썩거릴 폭풍이 오면, 주변 다른 애들은 천장 뚫고 이미 승천한 후다. 폭풍에 들썩 할 애와 폭풍에 천장 뿌시는 애가 따로 있는 거였다. 내 돈이 들썩 할 애에게 묶여있다면, 앉아서 쌩돈을

까먹는 모양새다. 천장 뿌시는 애를 가질 수 있었던 기회비용이 날아간 격이니까. 더 무서운 건, 태풍이 불지 않는 한 이 돼지들은 팔고 싶어도 안 팔린다는 거다.

이렇게 나는 돼지 집을 모셔 오면서 잡주에 신용대출금을 오롯이 물린 유부남들과 비슷한 처지가 됐다. 비밀을 지켜야 할 아내가 없다는 게 그나마 위안. 걸리면 등짝은 갈길지언정 같이 빚 청산에 힘써줄 아내가 없다는 게 또한 나의 슬픔.

바보 춤은 거기서 끝나지 않았다. 8천짜리 돼지를 모셔다가 3천짜리 진주목걸이를 둘러준 거다. 헌 집에 비싼 인테리어를 처발랐다. 15평 빌라에 3천 인테리어면, 그야말로 진주목걸이다. 견적만 30개를 넘게 받아서 고르고 골라 욕심껏 진행한 내 인생 첫 인테리어였다. 중고 소형차를 뽑아서 도톰한 금박을 입힌 것과 같은 플렉스다. 상식적으로 '대체 뭔 짓이여' 하는 말이 나올 일이었다.

부루마불을 하면 꼭 지는 애들이 있다. 첫 라운딩에서 싸디싼 마닐라 같은 걸 사서(마닐라야 미안. 한국식 부루마불 게임판이 그렇더라고...) 최고급 호텔을 짓는 애들이다. 반면, 이기는 애들은 좀 버텼다가 서울 같은 비싼 땅을 사서(서울아, 넌 오해하지마. 니가 진짜 뉴욕보다 더 비싼 건 아냐...) 거기에나 호텔을 짓는다.

마닐라의 호텔은, 즉 돼지 목에 진주는, 돈의 게임에서 두는 자충수다. 각자 다 제멋에 사는 거라는 논리로 보면 잘못한 건 없다. 다만, 돈의 상식에는 반하는, 하면 할수록 돈과 멀어지는 그런 종류의 선택인 거다. 내가 했던 8천 빌라에 3천 집수리도 마찬가지였다. 여하튼 뭐 이제 와서 다 변명이고 핑계다. 그저 경제적인 안녕을 꿈꾸면서 이런 자충수를 두는 나 같은 바보가 또 없길 바랄 뿐이다.

큰 서재가 있는 바다가 보이는 집

나에게도 꿈의 집이 있다. 큰 평수, 큰 서재, 고층, 큰 창, 안전하고 조용한 교양 있는 동네(그래야 우리 달곰이한테 시비를 덜 건다), 집안 전체에 깔린 회색 카펫(그래야 우리 달곰이 슬개골이 무사하다. 털 빠짐도 무마되고), 아일랜드 조리대, 샤워부스와 욕조가 모두 있는 욕실, 집안을 은은하게 밝히는 전구색 간접조명, 몰딩과 걸레받이에서 자유로운 평편한 수직 벽에 곱게 발린 따뜻한 질감의 흰색 페인트, 높은 천장에. 해가 잘드는 전망 좋은 집.... 조건이야 몇 개든 끝없이 들 수 있다.

능력만 된다면 1년 12달 중 4달은 비행기를 타고 여기저기 놀러 다닐 계획이다. 그래도 청국장을 블루치즈보다 좋아하는 천상 한국 사람인 나는, 한국에 집이 있어야 한다. 수지구 40평대 아파트가 지금으로서는 가장 탐이 난다. 수지구에서는 바다가 보이지는 않지만, 여행 중에 바닷가에 머물면 되니 타협되는 부분이다. 리오데자네이루 코파카바나 해변이 내려다보이는 메리어트 호텔방에서 검소하게(?) 지내야지.

맨날맨날 이파니마까지 달곰이랑 해변 조깅도 해야지. 헐벗은 몸짱들 숫자나 세면서 한량질 하면 참 즐거울 거야.

빌라에 살아보니 알겠다. 한국에 집을 가질 거면 되도록 아파트여야 한다는 걸. 미래에는 어떻게 바뀔지 모르겠지만, 지금 한국에서는 아파트만이 적장자다. 빌라네 단독이네 하는 다른 집들은 모두 서자인 거다. 늘 적장자 아파트를 시샘하며 머리를 조아려야 하는 홍길동 같은 운명. 값으로도, 편리성으로도, 사회적 분위기로도 고루고루 그런 상황이다.

꿈의 집이 있을지언정 여하간 나는 지금 8천 돼지에 3천 진주목걸이를 두른 그런 집에 산다. 4층짜리 빌라 건물의 4층, 비가 많이 오면 물도 가끔씩 새 주는 정감 어린 집이다. 집사고 수리하고 이사 들어오면서 집 한 채에 쓸 수 있는 애정을 모두 탕진해 버린 상태라, 더 이상 이 집에 어떤 것도 해주고 싶지 않다. 그래서 1억2천 돼지님에 물이 새도 뭘 어떻게 하고 싶은 기력이 없다.

깨끗하게 바른 흰색 벽지에 물 얼룩이 생겨 기하학적인 문양이 남았다. 다행히 통풍과 건조를 잘 시켜서 곰팡이는 없다. 빗물이 그려준 추상화 몇 점 걸어두고 산다고 정신 승리 중이다. 이럴 거 3천 인테리어 왜 했니. 정말 왜 그랬니.

오래된 빌라에는 엘리베이터가 없다. 맨날 4층을 오르내려야 한다. 하체 근육이 막막 강해진다. 특히 달곰이를 산책시키려면, 15kg이 넘는 이 친구를 안아 들고 계단을 오르내려야 한다. 상체 근육도 막막 강해진다. 이러다 백두장사라도 할 수 있을 것 같다.

공동주택에서는 법이 그렇게 하란다. 하지만 사실은, 고미가 슬개골 탈구 2기여서, 계단을 오르내리면 상태가 나빠질까봐 이러는 까닭이 훨씬 크다.

그런데 여기 비밀이 하나 있다. 이 모든 실수와 손해에도 불구하고 내집에 산다는 것의 달콤함이 굉장히 크다는 사실이다. 때마다 월세전세 알아보고 이사 다니는 수고가 없어서 좋다. 집주인이라는 존재를 내 인생에서 영원히 추방해 버렸다는 게 좋다. 주체적인 일상을 꾸려가는 데 내 집이란 너무도 중요한 요소더라. 계획대로 자산이 늘어나면 빗물 추상화처럼 찌질한 부분은 알아서 보강될 테니 신경 쓸 것 없다. 그렇게 믿기로 한다……

그래서 결론! 나는 나름 만족하며 살고 있다. 무엇에든 익숙해지는 사람의 능력이란 참으로 대단하지 뭔가. 달곰이도 만족하며 살고 있나? 아마 그런 듯하다. 해가 잘 드는 안방, 킹사이즈 침대에 나른하게 누워 햇빛을 즐기는 달곰이의 모습은 더없이 평화로워 보이니까. 분명히 내 침대인데, 이 목가적인 풍경을 자주 접하다 보니 이제 침대 주인도 달곰인 것만 같다.

내 금전 계획에 의하면, 빗물이 그려 준 아름다운 추상화를 감상하고 팔다리 근육을 매일 강화하는 이 일상은 앞으로 최소 4년간 이어질 거다. 다음 집은 용인시 수지구 40평대 아파트가 될 거다. 달곰이랑 숨바꼭질하기에 딱 좋은 집 크기다. 고미가 나랑 숨바꼭질하며 놀아줄 기력이 창창할 때(내 동생, 오래오래 건강하렴, 제발!) 이사 가야 하는데 말이다. 이를 위해 이번 달도 나는 열심히 절약해서 은행에 빚을 갚는다. 이 책으로 받게 될 인세가 있다면 그것도 전부 빚 갚는 데 써야지.

당신의 비빌 언덕은 무엇입니까?

'나는 내 인생 살겠소!' 하고 기세 좋게 말하려면 비빌 언덕이 필요하다. 세상 어딘가에는 언덕 따위 전혀 없어도 존재 자체로 호연지기가 넘실대는 대장부(婦 포함)도 계시겠지만, 아직 뵌 적이 없어서 팅커벨처럼 느껴질 뿐이다. 안 대장부인 나는, 큰 언덕으로 여러 개 있어야 쭈글거리는 기색이 그나마 펴진다.

건강, 집, 돈, 자유, 평안, 가족, 친구, 짝궁. 지금 생각나는 비빌 언덕은 이 정도다. 나는 내 편이 있고, 돌아갈 보금자리가 있고, 끼니 걱정 면하도록 돈도 좀 있고, 몸도 짱짱하고 건강해야, 어깨를 펼 수 있다. 내 편도 없고, 가난하고, 몸도 골골거리는 상황에서 삶의 주체성을 실감할 수 있을까? 그런 대장부 계시다면 부디 연락 달라. 한 수 배우고 싶은 마음이 간절하다.

혼자 산다. 이 말은 자기 인생이 온전히 자기 것이라는 뜻이다. 혼자 사는 사람의 비빌 언덕은, 혼자 살기에 더 중요하고 더 포기할 수 없다. 아무도 대신 욕심내 주지 않으니까. 혼자 사는 사람은 자신을 위해 더 욕심쟁이가 되어야만 한다. 그렇게 자기의 비빌 언덕을 스스로 만들고 지켜내야만 한다. 그래서 나는, 하루하루 내 비빌 언덕을 키우고 가꾸며, 한껏 욕심쟁이의 인생을 살고 있다. 고작 하나 만든 언덕이 진주목걸이를 한 돼지 집이라고 해도, 뭐 어쩌겠는가. 계속 가다 보면 안 돼지 집에서도 살게 되겠지 뭐.

나는 욕심쟁이다. 아주 큰 욕심쟁이다. 튼튼한 여러 개의 비빌 언덕을 가질 것이고, 그러기 위해 노력을 멈추지 않을 것이다. 내 집에서, 맛난 거 먹으며, 달곰이에게는 더 맛난 거 먹이고, 원하는 사람에게 원하는 만큼 들이대고, 그렇게 다 누리면서, 최소한 누리려고 실컷 욕심부리면서 살아가리라. 나와 남을 해치지 않는 선에서, 양껏 욕심부리는 것이 생의 권리이자 의무라고 생각한다. 증명할 수도 설명할 수도없다. 그래도 먹었으면 싸야 하고, 잤으면 일어나야 하는 그런 순리의 일종이 아닐까 라는 생각이다.

이왕 살아있다면, 잘 살아야 하지 않을까? '잘 산다'에서의 '잘'이 뭘 의미하는지 테스트하고 밝혀내는 것이 살아있음에 따르는 책임이 아닐까? 아무도 자기가 왜 살아있는지, 왜 생겨났는지, 알지 못 한다. 그저 살아있음 당했고, 생의 한복판에 등 떠밀려 나와 버린 것뿐이다. 자의로 태어난 것도 아닌데 왜 열심히 살아내야 하는가? 모른다. 그냥 알 수 없는 어떤 이유로 그래야만 한다는 감각이 내 안에 있을 뿐이다. 그 감각이 내 가치관인 것이다. 나와 남을 해치지 않는 한계에서, 최대한 더 잘살고 더 행복하고 더 성장할 것. 그게 산 것의 의무라고 자연스레 믿겨지는 그런 감각. 그냥 내가 날 때부터 욕심쟁이라서 그럴 수도 있겠지만, 나는 하루하루 이런 묘한 당위성을 느끼며 아침에 눈을 뜬다.

그래서 피곤하다. 누가 안 시켜도 혼자 막 피곤하게 살고 있다. 이런 가치관과 게으른 본성의 조합으로, 피곤함을 피할 수 없는 운명이다. 그래도 뭐 별수 없다. 생에 대한 확장의 의무를 다하며, 피곤하게 살아갈 뿐. 밭 가는 소처럼 계속 그 끝까지 내달려 볼 밖에.

2. 의외로 모르는 '여자 혼자'라는 표현의 비밀

혼자 밥 먹는 불쌍한 여자

"어머 저 여자 봐. 혼자 왔나 봐."

"뭐지? 어떻게 혼자 이런 데서 밥을 먹지? 안됐다."

숙덕이는 사람들이 가리키는 쪽에는 한 명의 여성이 있었다. 바로 알 수 있었다. 일본 여성이었다. 혼자 한국에 여행 온 듯한 그녀는 별 표정 없이 식사에 집중하고 있었다. 그러다가 그녀를 신기하게 바라보는 나와 눈이 마주쳤다. 나는 화들짝 놀라서 눈을 돌렸다.

2000년대 중반, 대학생인 나는 홍대입구역 빕스에서 친구와 밥을 먹고 있었다. 그때는 빕스가 핫했다. 경제관념이 없던 나는 용돈을 받으면 아까운 줄 모르고 족족 먹어 치우기 바빴다. 뷔페를 좋아하는 먹보라서, 빕스에도 가끔 갔다.

하지만 그날이 처음이었다. 여자 혼자 뷔페를 즐기는 모습을 본 건. 혼자 하는 식사가 일상화된 요즘과는 분위기가 많이 달랐던 때다. 신선했다. 아니, 신기했다. 일본에서는 저러나 보다. 조금은 문화충격도 받았다. 내 눈에는 그녀가 위축되어 보였다. 안쓰러워 보였다. 나까지 덩달아 위축되는 기분이 들었다.

수년 후, 아르바이트로 돈을 모은 나는, 혼자 여행길에 오른다. 여행지는 남미. 일정은 멕시코시티에서 시작했고, 귀국 티켓은 없었다. 멕시코, 페루, 브라질, 칠레, 어디든 발길 닿는 대로 흐르다가 돈이 떨어지면 돌아올 심산이었다. 안 돌아올 구실이 생기면 더 좋고.

'여행'이라기 보다는 '타국살이 체험' 정도가 더 맞을지도 모르겠다. 나는 남미를 흘러 다녔다. 물처럼이 아니고 끈끈한 꿀처럼 아주 느리게 흘러 다녔다. 인연이 닿으면 몇 달씩 머물기도 하고, 다른 곳에 갔다가 다시 그곳으로 돌아오기도 했다. 새로운 것을 접하고 견문을 넓히는 걸 기준으로 한다면, 이 여행(?)은 수준 미달이었다.

물이 되어 흐르든 꿀이 되어 흐르든 밥때는 돌아오는 법. 나는 남미에서 참 많이도 혼자 밥을 먹었다. 가능한 한 오래 백수 생활을 즐기기 위해 돈을 아끼다 보니, 물가가 저렴한 나라에서만 외식을 즐겼다. 안 저렴한 나라에서는 식재료를 사다가 뭔가를 해 먹는 데 집중했다. 현지 시장과 마트를 구경하는 게 즐겁기도 했다. 나라마다 과자들이 어찌나 다 다른지!

수크레(Sucre)에서의 먹보생활

남미의 최빈국, '볼리비아'에 갔다. 나는 그 나라의 '수크레'라는 작은 동네에 완전히 마음을 빼앗겼다. 수크레는 볼리비아의 헌법상 수도라는

데, 아 그런 건 모르겠고, 그냥 우리 할머니 계신 읍내 정도의 크기였다.

왜 그렇게까지 좋았을까? 비자 사정 때문에 3개월간 머물다가, 잠깐 출국했다가, 다시 수크레로 돌아가기를 몇 번이나 반복했다.

수크레 중앙시장에서 파는 과일 샐러드가 좋았다. 큰 마당 한가득 과일 샐러드 행상이 줄지어 있었다. 나는 매일 가게를 바꿔가며 갔다. 사장님들마다 레시피가 다르고, 가게마다 과일의 조합도 달라서 먹는 재미를 키워주곤 했다.

시장 주변의 광장과 공원도 어여뻤다. 너무 웅장하면 위압감이 들고, 너무 작으면 걷는 재미가 떨어진다. 수크레의 길과 공원 구석구석에는 딱 좋은 중용의 미덕이 배어있었다. 그야말로 딱 골디락스 존에 충실히 머물러 있는 사랑스러운 마을이었다.

공원에도 소소하게 음식 행상들이 있었다. 떡 사세요 시루떡 설기떡 모두 맛있어요 떡 사세요, 하고 당장이라도 영업 멘트를 읊을 것만 같은 푸근한 아줌마들이었다. 다만, 떡이 담겨있을 것 같은 그들의 커다란 소쿠리에는 떡 대신 케이크가 들어있었다. 그녀들은 작은 접시에 케이크를 조금씩 덜어서 파는 것이다. 수크레 호랑이는 '떡 하나 주면 안 잡아먹지' 대신 '케이크 한 접시 주면 안 잡아먹지' 하는 모양이다.

언젠가 다시 돌아가면 케이크 아줌마에게 케이크와 호랑이가 나오는 볼리비아 전래동화가 있는지 꼭 물어봐야지.

산책길은 일단 나서기만 하면, 먹보길이 되고는 했다. 시장에 가서 과일 샐러드를 먹고, 공원을 걸으며 길거리 케이크도 먹는다. 또, 숙소로 돌아오는 길에는 선인장 열매를 대여섯 개씩 사 오고는 했다.

선인장 열매는 잘 익은 키위의 질감과 모양을 가졌다. 그러면서 수박과 홍시와 바나나를 섞은 부드럽고 달콤한 맛이 났다. 요즘에도 가끔 꿈에 나오는 이 맛있는 열매는, 사실 위험한 녀석이다. 함부로 손댔다가는 며칠이나 손에 잔가시가 남아 생손앓이를 시키기 때문이다. 그래서 선인장 열매를 파는 행상 아주머니는 딱 그거 하나만 파는 전문가다. 다섯 개 주세요, 하고 내가 얼뜨기 같은 스페인어로 더듬더듬 말하면, 생활의 달인인 그녀는 가시투성이 선인장 열매를 아무렇지도 않게 집어 들어, 그 거친 껍데기를 홀랑 쉽게도 벗겨 버리는 것이다. 동전 몇 개만으로 나는 맛있는 속살 알맹이가 담긴 작은 봉지를 넘겨받는다. 그 맛난 것을 날름날름 맛보며 숙소에 돌아가는 길은, 언제나 너무나도 즐거웠다.

수크레를 아끼는 이유는 비단 그뿐만이 아니다. 스페인어 과외를 받은 곳도 수크레였고(볼리비아 스페인어는 느리고 굼떠서 배울 때는 편하다), 어쩐지 고향에 돌아온 듯한 기분을 주던 공동묘지 산책길도 수크레에 있었고(유럽도 그렇지만, 유럽의 식민지였던 곳의 공동묘지는 마치 공원처럼 아름답다), 한주에 네댓 번은 가던 최애 카페도 수크레에 있었다.

최애 카페의 이름은 '미라도르'. 전망대라는 뜻이다. 수크레의 뒷동산에 자리 잡은 아담한 명소였다. 거기서 내려다보는 수크레의 전경을 사랑했다. 담백하고 무던한 그 소박한 풍경을.

언제나와 같은 느긋한 하루. 그날도 미라도르에 갔었다. 카페에서 늘 먹던 코스대로, 함지박에 담겨 나오는 밍밍한 파스타를 해치우고, 뒷골이 띵하도록 감미로운 스페니쉬 핫초콜릿을 마시고 있었다.

"오올~라~ 아미가~"
느긋한 볼리비안 특유의 인사말이 나를 불렀다. 돌아보니 젊은 볼리비안 커플이 마주앉아 식사를 하고 있었다. 여자 쪽이 내게 손을 흔든다. 모르는 얼굴이다. 하지만 그 반가워하는 미소에 나도 반사적으로 마주 손을 흔들었다.

짧은 담소가 오갔다. 이름이 뭐냐, 어디서 왔냐, 혼자 용감하다, 맨날 오가는 그런 식상한 이야기. 그 일상적인 담소가 아직까지도 기억나는 건, 그 커플이 나눠 준 진실한 호의의 느낌 때문이리라. 뭐가 신나는지 자꾸만 싱글거리던 그들이 떠나고, 나는 문득 깨달았다. 아하이 카페에 혼자는 나뿐이구나. 오래전 빕스의 일본 여인이 떠올랐다. 아하 어쩌면 그녀도 지금의 나처럼 그저 충만한 순간을 즐기고 있었을 수도 있겠구나. 멋대로 그녀를 가여워했던 것이 무례하고 오만한 일이었구나. 그녀와 눈이 마주쳤던 그 순간, 볼리비안들처럼 나도 호의를 담아 웃어줄 수는 없었던 걸까?

찌개에 들어간 두부 같은 말들이 있다. 국물 맛이 두부 속속 스며들어 두부 고유의 맛이 아예 남지 않게 된 경우 말이다. 속뜻이 잘 배어있는 그런 말들은 아주 많다. '우연히'에는 '아직 이해하지 못하는 모종의 이유로'라는 뜻이 배어있고, '시간이 없어서'에는 '그럴 마음 혹은 능력이 없어서'라는 뜻이 배어있다.

마찬가지로 '여자 혼자'라는 말에도 특정 뉘앙스가 배어있다. 상대의 의사를 묻지도 따지지도 않고 다짜고짜 가여워하는 그런 뉘앙스 말이다. 약하고, 부족하고, 안됐고 하는 느낌이 '여자 혼자'에 담뿍 묻어 있다.

개인적으로 소리높여 불만을 토로하는 데는 소극적인 편이다. 어릴 때부터 어지간한 불합리함은 꾹 잘 참던 어린이이기도 했거니와, 이 사회적 관습의 뿌리가 양성생식 유전자에까지 닿아있다고도 생각하기 때문이다. 그렇다고 자연적으로 존재하는 것이 필연적으로 옳다는 논리에는 당연히 동의할 수 없다. 이 관습은 앞으로 개선의 여지가 많은 부분이라고 꿍~ 하니 기회를 엿보고 있는 정도랄까.

혼자 밥도 많이 먹었고, 혼자 여행도 실컷 했고, 혼자 집도 샀고, 그 집에서 혼자 살고 있고, 혼자 멍멍이도 입양했고, 혼자 밥벌이도 이어가고 있다. 앞으로도 혼자 더 많은 멍멍이에게 집이 되어줄거고, 혼자 사업체도 만들어서 사장님도 돼볼 거다. 짝꿍이 있든 없든 인생 목표를 클리어 해나가는 재미가 쏠쏠하다. 이런 내가 누군가에게는 가여워 보일 수도 있으리라. 지금까지도 많이 가여워 보였을 테고, 앞으로 나이를 먹어갈수록 더 가여워 보일 수도 있겠지.

하지만 같이 갈 일행이 모일 때까지 영영 여정을 시작하지 않는 건, 자기에게 너무 한 일 아닐까? 백 년도 채 못 사는 짧은 인생을 얼마나 긴 기다림으로 채워야 할까? 같이 먹는 밥이 더 맛있다. 나도 안다. 하지만 같이 밥 먹을 사람이 생길 때까지 쫄쫄 굶고만 있을 것인가? 절대로, 기필코, 무조건, 안 될 말이다.

안 맞는 타인은 지옥이다.
같이 먹는 밥이 더 맛있을 수 있는 건, 같이 밥 먹는 '그 사람'이 흉금을 터놓는 벗이기에 가능한 일이다. 아니라면 그 식사는 체하지나 않으면 다행인 번거로운 숙제가 될 수도 있다. 타인은 지옥이라는 사르트르씨 말이 때에 따라 꼭 맞기도 하다. 사람은 사람에게 천국이 될 수도 지옥이 될 수도 있으니까.

함께라고 최선인 것만은 아니다. 누구나 아는 사실이다. 우리에게는 단지 그걸 까먹지 않는 겸손이 필요하다. 혼자인 게 불쾌한 이유의 상당 부분은, 혼자를 가여워하는 사회적 시선 탓이 아닐까? 그 혼자인 사람은 생각보다 만족스러운 상태일 수도 있는데 말이다.

도움이 필요한 것과 혼자인 것은 엄연한 별개의 상태다. 도움이 필요한 사람에게 도움을 주려는 배려심을, 혼자를 가여워하는 무례함으로 바꿔쓰면 곤란하다. 혼자를 동정하는 사회의 일원이 되지는 않으리라. 무례한 오지랖을 멈출 수 없다면, 차라리 용기를 내서 유쾌한 볼리비안처럼 '올라!'하고 인사를 건네리라.

혼자가 그 자체로 최선이라는 말은 감히 못 하겠다. 인간은 여하간 사회적 동물이 아닌가. 다만, 차선이 최선인 순간들도 삶에는 존재한다. 혼자 먹는 밥도 맛나고, 혼자 사는 삶도 맛깔날 수 있다. 자기 자신에게 최고의 짝꿍이 되어 줄 힘이, 모든 사람의 내면에는 있다. 그 힘을 쓸지 말지 선택이 필요할 뿐이다. 또한, 타인이 그런 선택을 할 때 군소리를 할지 말지 선택이 필요할 뿐이다. 비혼, 만혼이 대세인 이 시대를 살아가는 우리들은, 이 두 가지 선택에서 정신을 똑바로 차려야 한다. 그래야 더 많은 사람들이 더 행복할 수 있을 테니.

혼자 밥 먹는 여자를 가여워하던 무뢰배는 시간이 흘러 그런 시선을 감당해야 하는 입장이 되었다. '불쌍해'도 '멋지다'도 둘 다 들어봤고,

둘 다 부질없다. 하지만 더 즐거운 선택은 분명히 존재한다.

청명한 수크레 하늘을 보며 마시던 스페니쉬 핫초콜릿, 그 맛이 그립다. 수크레에서 먹어대던 모든 것이 그립지만, 역시 가장 그리운 건 미라도르의 풍경과 고즈넉하게 어우러지던 그 핫초콜릿이다. 오롯이 혼자였던 그 감미로운 순간, 내 시간과 관심을 순결하게 나 자신만이 독점하던 그 황홀한 사치, 그 맛은 살아있음이 감사해지는 그런 종류의 것이었다.

3. 헐벗음의 자유, 더러움의 즐거움

'내 방 자치권' 찾아 삼만리

할머니는 구멍가게를 해서 2남3녀를 키웠다. 1남의 딸인 나는, 고등학교 때까지 그 가겟집에서 살았다. 대학교에 가면서 사방이 유리로 된 그 열린 집을 떠나 아파트에서 살아보게 된다. 나는 창문을 커튼으로 가리면 오롯이 프라이버시가 갖춰지는 고층 아파트에 심취했다.

한 시간은 족히 머물다 가시는 할머니 벗들의 담소를 참아 줄 필요도 없고(나는 조용히 만화책을 보고 싶었다. 그런데 그분들은 늘 TV에 노래자랑을 틀어놓고 내 문화생활을 방해하곤 했다), 수시로 드나드는 동네 아이들의 군것질 판매 창구 역할도 할 필요가 없으며(나는 파는 쪽이 아니라 까먹는 쪽이고 싶었다. 그런데 까먹으면 할머니한테 혼났다), 가끔 오셔서 맥주 한 병에 담배 한 개피 즐기고 가시는 동네 아저씨들에게 간접흡연 당할 필요도 없다. 이러니 어찌 아파트에 심취하지 않을 수 있겠는가.

여기서는, 내 쪽에서 먼저 방해를 허락하지 않으면, 누구도 나를 방해하지 않는 듯했다. 이런 아파트 라이프는, 당시의 내게 신세계였다. 그 신세계에서 나는 늘 해보고 싶었지만 차마 해볼 수 없었던 취향을 실현해 보기로 했다. 그 취향이란 바로 벗고 있기!

이유가 있는 취향도 있지만, 아닌 취향도 있다. 나는 참외보다 수박을 더 좋아하고, 여름보다 겨울을 더 좋아하고, 초코 맛보다 바닐라 맛을 더 좋아한다. 같은 맥락으로 나는 옷을 걸치고 있는 것보다 안 걸치고 있는 걸 더 좋아한다. 벗는 게 무작정 편해서는 아니다. 벗기 전에 꼼꼼히 이중커튼을 치고 방문을 잠그는 등 사전 준비를 하는 불편도 있기 때문이다. 하지만 뭐, 취향을 알고 즐기는 게 중요하지, 그 이유를 따지는 게 무슨 소용일까. 나는 내 취향을 그냥 존중해 주기로 했다.

여하간 가족들이 포진해 있는 집이니 내가 누드로 활보할 수 있는 공간은 아담한 내 방 한 칸에 불과했다. 그래도 그 공간에서나마 나는 새로운 자유를 만끽했다. 추우면 보온용으로 입고, 더우면 땀 흡수용으로 입고, 딱 좋으면 딱 벗고 있는 게 편하다는 것을, 실험으로 알게 됐다.

안타깝게도 방 한 칸의 소박한 자유는 오래 가지 못했다. 밥 먹으라고, 과일 먹으라고, 방문을 노크해 대는 가족들 덕분이었다. 밥도 좋고, 과일도 좋고, 노크도 좋다. 다만 노크 후에 내가 바로 나오지 않으면 뭐하다가 늦게 나왔냐고 잔소리하는 부모님이 문제였다. 벗고 있다가 옷 입고 나오느라 조금 지체되는 일이 반복되자 잔소리 추궁은 더해만 갔고, 어느 날 나는 결국 개인 취향을 커밍아웃하게 된다. 그리고 이어졌던 비민주적 등짝 스매싱.

"아우 왜 때려!"

"기지배가 미쳤어? 불나면 어쩌려고? 알몸으로 달아날래?"

살면서 한 번도 화재를 겪어보지 않은 부모님은 이상스레 강경했다. 불이 자주 나면 또 모를까, 아주 낮디낮은 확률의 사고를 대비해 일상의 행복을 포기하라니? 비논리적이다. 정말로 불이 걱정이라면, 소화기를 몇 개 장만할 일이고, 인테리어를 방화자재로 바꿀 일이다. 하지만 이런 내 논리는 부모님께 통하지 않았다.

돈 안드는 자치권은 없다

부모님은 그냥 싫었던 거다. 딸내미가 저 방문 너머에서 누드로 있다는 생각 자체에 거부감이 들었던 것이리라. 그냥 싫은 것에는 말이 통하지 않는다. 나는 취향을 존중해달라며 변명을 하다가 등짝을 한 번더 맞았다. 아 민주사회 정신은 어디로 갔나.

"네 방도 내 집이야! 나가 살 때나 네 맘대로 해!"

그날 꾸중의 종지부를 찍은 곰팡내 나는 말은 이랬다.

'이게 왜 엄마아빠집이야! 가족 집이지!' 하고 한 번 더 개겨볼까? 하지만 내 등짝의 안위를 위해 그냥 말았다. 직계 혈족 간에 네 집 내 집 따지다니 치사하다.

경제적 독립 없이는 생활의 자치권도 없다. 원래 힘없는 자에게 자유란 없는 법이다. 금력, 무력, 매력, 권력, 뭐가 됐든 '힘' 말이다. 대학생이 되어서야 이걸 깨닫다니, 나는 참 늦됐다.

그렇게 집에서 벗고 있는 것이 우리 집에서 꾸중 거리로 자리를 잡았다. 내 방이라는 공간의 자치권은 애초에 없었던 거다. 나 혼자 있다고 착각한 거였다. 향후 십 년간 이어질 집 없는 세입자의 설움을 조금은 맛보기 한 셈이다.

나는 벗고 있는 게 좋고, 적당히 지저분한 공간에 있어도 크게 개의치 않는다. 특히 그 지저분함이 나의 소행일 때는 더더욱. 그러나 이것들이 전부 부모님께는 잔소리 거리가 된다. 가족들과 함께 사는 정겨움을 누리는 값이랄까.

그 잔소리의 역사는 따지고 보면 할머니에서부터 시작된다. 사람이면 응당 있는 머리카락이 바닥에 떨어진다. 그러면 그게 혼날 거리가 된다. 방바닥에 떨어져 있는 머리카락은 지저분함과 게으름의 소치라는 것이 할머니의 소신이었다. 하지만 가겟집에는 내 방이 따로 없기도 했고, 공용공간을 정갈하게 유지해야 한다는 논리도 합리적이라, 뭐 딱히 서럽지는 않았다. 동네 사랑방인 우리 가겟집의 위신을 지켜야 한다는 할머니의 말에도 동감했고 말이다.

서럽다고 생각한 건 내 방이 생긴 대학생 시절, 아파트에서 살면서부터다. 십여 년을 기다려 온 내 방이 드디어 생겨서, 멋모르고 좋아라 했다. 그런데 실상 살아보니 내 방은 딱히 내 것이 아니었다. 내 방의 청결 상태도, 꾸밈도, 내 방에서의 내 차림새도 전부 잔소리 대상이었다. 자치권이 인정되는 건 하나도 없었다. 벗고 있어서 혼나고(불나면 어쩌냐고), 향초나 모빌같은 인테리어 집기를 가져와도 혼나고(불날 수도 있는데 어쩌냐고), 내 방에 내 머리카락이 떨어져 있어도 혼났다(이것만은 다행히 불이랑 상관이 없었다).

지금 와서 이렇게 징징거리는 게 애 같기는 하다. 부모님도 나름의 입장이 있었으리라. 다만, 이렇게 서럽다고 징징거릴 과거가 있기에 요즘의 내 생활이 진심으로 즐거운 거다. 그렇다. 생활의 측면에서 나는 참 만족스럽게 살고 있다. 물론 더 크고 번듯한 집에서 살고 싶다. 반드시 언젠가 그렇게 만들 거다. 하지만 이 욕망이나 계획이 지금의 내 만족을 상하게 하지는 않는다. 내 방에서 벗고 있는다고(난 그러고 싶은데!) 혼났던 서러운 기억도, 내 방에 내 머리카락 좀 떨어져 있다고(난 아무렇지도 않은데!) 혼났던 서러운 기억도, 이제 다 안녕이다.

우리 집에서는 우리가 왕이다! 멍멍!

15평 남짓한 이 공간, 여기서만큼은 내가 왕이고, 달곰이가 대왕이다.

내 방 자치권을 꿈꾸던 대학생은 이렇게 내 집 자치권을 누리는 직장인이 되었다. 맘대로 살 수 있다는 것은 참으로 속 시원한 일이다. 자신의 취향을 하나하나 알아가며 그걸 바로바로 자기 공간에 반영할 수 있는 자유는 어찌나 달콤한지! 내 생활을 내 몸에 알맞게 한땀한땀 수놓아가는 일상은, 또 어찌나 재밌는지!

요즘 나는 집에서 벗고 생활한다. 당연히 잘 때도 벗고 잔다. 한기가 들면 맨몸에 샤워가운을 입는다. 불나면 이 가운을 걸치고 달곰이를 안아들고 계단을 달려 내려갈 거다. 완벽한 대피 계획이다.

청소나 빨래는 몽땅 모아서 일주일에 1번으로 해치운다. 깨끗한 옷이 떨어지면 빨래를 또 하느니 차라리 옷을 더 사 모은다. 그리고 멀쩡한 식사는 집 밖에서 하는 걸로 정해뒀다. 어차피 멀쩡하게는 만들지도 못하니까. 그러니 설거짓거리가 쌓일 일이 없다. 끽해야 달곰이 밥그릇과 내 간식그릇 정도다. 오해는 없길. 이러고 사는 건 자랑이 아니다. 하지만 이럴 수 있는 건, 내게 큰 자랑이다.

무엇보다, 가장 중요한 머리카락 이슈! 우리 집 바닥에는 회색 카펫이 좌악 깔려있다. 카펫은 달곰이의 슬개골 건강을 위해서이기도 하지만, 내 정신 건강을 위한 것이기도 하다. 우리집 바닥에는 내 검은 머리카락과

곰의 검은 터럭이 더불어 굴러다닌다. 아무리 나라도 위생 감각이 아예 없는 것은 아니다. 털뭉치가 구르면 자연히 눈에 거슬린다. 그런데 회색 카펫은 그 털들의 회합을 감쪽같이 감춰준다. 애초에 카펫의 일부인 것처럼. 눈에 안 보이면 신경도 쓰이지 않는다. 회색이 선사하는 자유다. 이역시 자랑은 아니지만, 이런 선택이 가능한 건 자랑이 맞는다.

지난 토요일, 3주 만에 청소기를 돌리며 뭔가 통쾌했다. 미취학 아동이던 나에게 '할 일 없으면 놀지 말고 슬슬 머리카락이나 주으라'고 가르치신 고모님들이 생각나서였다. 어린 시절 내내, 고모 3명에게서 시종일관 이어지던 그 가르침에도 불구하고, 나는 3주에 한 번만 청소기를 돌리는 어른으로 자라났다. 참으로 고집쟁이가 아닐 수 없다. 하지만 자기 집에서 자기 고집 좀 부리는 게 무슨 대수인가.

첫 조카라며 나를 세상 귀여워했던 우리 고모들, 그녀들은 왜 애지중지하던 나에게 그런 조언을 했을까? 순간을 즐기는 법, 지금 여기에 집중하는 법, 새로운 경험에 마음을 여는 법 등등 삶을 더 경이롭게 만들기 위해 어린이가 배워야 할 것들은 차고 넘칠 텐데? 그 많은 좋은 것들을 차치하고 조카에게 머리카락 줍기를 가르친 까닭은 무엇일까? 이 조카가 십 분에 한 번씩 머리카락을 줍다가 정갈한 삶의 태도를 내면화하길 바랐던 걸까?

정갈함이란 분명히 큰 가치다. 다만, 삶에는 더욱 빛나는 것들이 많다고 믿는 나는, 사랑하는 조카에게 그런 가르침을 폈던 우리 고모들과, 사랑하는 딸들에게 또 그런 가르침을 폈던 우리 할머니가, 조금은 안타까운 것이다. 우리 할머니도 고모들도 회색 카펫 위에서 머리카락을 무시할 수 있는 선택지를 가졌었더라면 얼마나 좋았을까? 물론 계속 머리카락을 줍는 선택지를 골랐을 수도 있을 테지만, 그건 또 그네들의 주체적인 선택으로서 의미가 있었을 거다. 하지만 어쩌면 다른 선택을 했을 수도 있지 않을까? 머리카락 주울 시간이 모이고 모여서 우리 할머니는 동네 구멍가게를 지역 유지 상회로 키워낼 수도 있었을 거고, 우리 고모들은 인생을 바꿀 책을 만났을 수도 있었을 거다. 만약 그랬다면 우리 할머니랑 고모들의 인생살이가 조금은 더 재밌지 않았을까?

나는 머리카락을 줍지 않는다.

대신 카펫을 사서 깔았다. 이 선택이 수년 후 나에게 폐질환을 안겨줄지 어쩔지 지금으로서는 모를 일이다. 그래도 삶을 어떻게 쓰는 게 가장 좋을지에 대한 판단은 스스로가 해야 한다. 나 자신에게 그런 다양한 물음표들을 열어주고 싶다. 카펫의 핑계 치고는 좀 거창하지만 뭐, 나는 그런 마음이다.

최근에 한 고모 집에 가서 밥을 먹고 왔다. 손맛이 훌륭한 사랑스러운 나의 고모는 식후에 과일을 내오고는 습관적으로 주변을 손바닥으로 슬슬 훑었다. 고모도 머리가 길고, 내 사촌 여동생도 머리가 길고, 밥

얻어먹으러 온 나도 머리가 길다. 우리 셋 다 감사하게도 머리털이 많이 있으니, 그렇게 슬슬 훑으면 자연스럽게 머리카락이 손에 잡힐 수밖에 없다. 하지만 고모는 몇 가닥 잡힌 머리카락을 놀랍다는 표정으로 집어 들고는 자기 딸에게 말한다.

"어머! 이거 보이니? 이거 봐, 이거!"
어릴 때 나에게 했던 바로 그 가르침이, 서른 넘은 내 사촌 동생에게는 현재진행형이었다. 속 좋은 내 사촌은 그냥 웃고 말더라. 머리카락 한 올 없는 완벽한 바닥을 밟으며 살아가는 것보다, 그렇게 허허 웃어주는 딸이 있다는 게 훨씬 더 행복한 일임을 고모도 알 거다.

밥을 잘 얻어먹고 돌아오는 길에 우리 집에는 절대 고모를 데려오지 말아야겠다고 다짐했다. 고모로서는 우리 집이 트라우마가 될지도 모를 일이니까.

집에 도착해 현관문을 연다. 나의 왕국, 내 우주의 문이 열린다. 열자마자 와우우웅 달곰이가 신나게 반겨준다. 아늑하고 지저분한 회색 카펫도 덤덤하게 반겨준다. 나는 이 세계가 정말 좋다. 이 작은 공간의 왕으로서, 나는 이 조촐한 자치권, 이 자유가 너무도 좋다.

귀가한 나는 금방 알몸이 된다. 그 꼴로 요가도 하고 레몬차도 마신다. 달곰이가 내 맨다리를 앞발로 꾹꾹 누른다. 관심을 달라는 건가? 나는 요가 매트 위에서 달곰이를 끌어안는다. 털밭을 같이 뒹구는 곰과 나, 지금 이대로 참 평온하다. 내 품에 몸을 맡기며 와웅와웅 어리광을 부리는 달곰이가 따뜻하고 복슬복슬하다. 내 반려 털보도 나만큼 행복하리라 믿어본다.

한 사람은 하나의 세계다. 타인이라는 세계를 여행하는 것은 즐거운 일이다. 그리고 그만큼, 아니 그 이상으로 '나'라는 세계도 흥미진진하다. 내 안에 존재하는 많은 미지의 영역들. '나'를 능숙하게 여행하는 노련한 여행자가 되면, 그만큼 타인의 세계도 잘 여행할 수 있지 않을까? '내 나라'를 깊이 이해하고 잘 돌보게 되면, 그만큼 '타인의 나라'도 다정하게 바라볼 수 있지 않을까?

하루하루 '나'라는 우주를 조금씩 알아가는 재미가 있다. 이 우주가 좀 더 사람답고, 무엇보다도 '나'답게 굴러갈 수 있도록, 하나씩 실험하며 가꿔 나가는 중이다. 한 사람이 여행할 수 있는 가장 가깝고도 가기 힘든, 가장 흔하고도 제일 귀한 여행지가 '자기'라는 세계일 거다. 달곰이의 반들한 콧잔등에 내 이마를 살짝콩 부빈다. 나에게 더 잘 어울리는 삶의 방식을 찾아가는 자질구레한 즐거움을 만끽한다. 이게 사는 재미가 아닐까 생각하며.

4. 우리는 언젠가 죽습니다

외로우려고 사는 사람

"미소는 외로우려고 사는 사람이잖아?"

"어엉?"

"아니, 나는 네가 작정하고 일부러 외로우려고 하는 줄 알았는데?"

"……"

20대 중반이었던가, 오랜만에 만난 친구에게 요즘 좀 외롭다고 징징거리다가 뒤통수 맞듯이 들은 말이다. 허를 찔린 기분이었다.

그 친구에게는 내가 제 손으로 소금을 열심히 집어 먹으면서 짜다고 불평하고 있는 것으로 보였나 보다. 문제는 그렇게 '보인 게' 아니라, 내가 실제로 '그렇다'는 자각이었다. 나는 자의로 외로워질 선택들을 이어가고 있었다. 그러면서 당연하게도 외로워져서는, 친구에게 외롭다고 불만을 토로하고 있었던 거다. 뭔 짓이야, 이게?

만나자는 친구의 제안은 거절하고, 사람 모이는 자리는 피해 다녔다. 그래 놓고 외롭다 징징거리니, 친구 입장에서 황당할 수밖에.

나는 신경성과 예민성이 높다. BIG5 성격검사를 할 때마다 신경성이 높게 나온다. 가끔은 신경쇠약 직전처럼 높게 나와서 놀랄 때도 있다. 예민성은 날 때부터 높았는데, 살면서 계속 높아지는 느낌이다. 아닌가? 높기는 애초에 높았는데, 내가 과거를 미화하는 건가?

인간이 초래하는 피로를 피하려다 보니, 점점 안 귀찮은 쪽으로 움직여 갔다. 내 손으로 스스로를 자연스럽게 외로운 처지로 몰아넣는 데는 오랜 시간이 걸리지 않았다. 외롭고 싶은 건 아니다. 짜증스러운 걸 피해 간 곳에 외로움이 있었을 뿐이다.

대학교에 진학하고부터는 일상이 외로움이었다. 가족과 있어도, 친구를 만나도, 연애를 해도, 공부를 해도, 일을 해도, 디폴트 값은 한결같았다. 젊은 날의 외로움은 많은 경우 해갈되지 못한 성욕이라는 말을 들었다. 신빙성 있다. 하지만 '어떻게 나를 이렇게까지 사랑해 주지?' 하고 놀라움을 품게 하는 상대와 함께 있어도 디폴트 값은 바뀌지 않았다.

외로움이 그렇게 몸에 나쁘다던데? 하지만 바보를 참아내는 스트레스도 적지 않잖아? 사람 자극이 과하면 스트레스고, 적으면 또 외로움이라니, 평화는 어디 가야 찾아지는 걸까? 두 극단 사이 어딘가에 있을까? 아니면 두 길과 무관한 어딘가에 평화의 오솔길이 있나?

황금같이 아끼는 내 한 몸에 평화를 선사하기 위해, 짜증을 무릅써보기도 하고, 외로움을 감내해 보기도 했다. 여행도 다녀보고, 혼자도 있어 보고, 여럿이도 있어 보고, 이 일도 해보고, 저 일도 해보고, 맛난것도 먹어보고, 폭식도 해보고, 단식도 해보고, 운동도 해보고, 하기싫은 일도 해보고, 하기 좋은 일도 해보고……, 복받은 인생이라 정말감사하게도 이리저리 나를 가지고 다양한 테스트를 해보았다.

외로움과 관련된 임상실험

테스트의 결실인가? 아니면 좌절된 성욕이 외로움으로 전환된다는 이론이 맞아서, 내 나이에 따라 성욕이 자연스레 감퇴한 결과인가? 아니면 뭔가 다른 이유? 여하튼 나는 스리슬쩍 마음의 평화 근처에 다가가고 있다. 나이먹음에 대한 긍정적 효과가 아닐 수 없다. 그렇게 생각하는 쪽이 늙는 안타까움을 조금이라도 상쇄할 수 있으니, 나름의 정신 승리이기도 하다.

여전히 삶이 예기치 않은 싸다구를 날리면 코피를 흘리며 자빠져 꺼이꺼이 울 때도 있지만, 뭐 그건 그거고. 그 코피까지도 삶의 일부로 싸잡아 기꺼워하는 마음이 이제 나의 새로운 디폴트가 되어가는 중이다. 내게 맞는 삶의 최적온도를 찾으려는 테스트는 앞으로도 계속될 테지만, 그 시작점이 한층 나아진 것은 참 반가운 일이다.

외로움과 관련된 임상실험(실험체는 나 한 명이지만)을 십여 년간 계속 한 결과, 나는 스스로가 어떤 조건에서 덜 외롭고 더 즐거워하는지 많이 알게 됐다. 사람이 각양각색인 만큼 최적의 조건도 각자 다 다를 거라, 타인의 답을 바로 가져다 쓸 수는 없었다. 그래도 책과 대화로 구경했던 누군가의 정답지는, 나만의 답을 찾아가는 데 도움이 됐다. 타인의 답을 취해서 내 몸에 테스트해보고, 맞으면 취하고, 아니면 버린다. 그 과정이 피곤하기는 해도, 결실이 평화롭고 달아서 해볼 만했다.

해뜨기 전 새벽에 일어나서 일찍 하루를 시작하면 덜 외롭다. 아침 해를 받으면 더더욱. 그래서 나는 새벽 5시 전후에 일어난다. 오전에는 회사 옥상에 올라 해님도 눈에 넣는다. 이 습관은 수년의 테스팅 결과, 이제 내 몸에 맞게 자리 잡았다.

일주일에 1번은 근력운동을 하고 숨이 차게 달린다. 운동이 너무 싫어서 최소한의 최소한만 남긴 루틴이라 이 이상 줄지가 않는다. 최적은 아니지만 여하튼 유지되고 있는 내 육신의 근육들은, 확실히 내가 덜 아프고 덜 외롭게 도와준다. 효과는 사랑하지만 그 과정은 증오하는지라, 주 1회 장벽을 못 넘고 있다. 헬스장에 들어서는 고통을 줄이기 위해, 하다하다 나는 잘생긴 트레이너를 짝사랑하려고까지 해봤었는데 쌩 소용없었다. 피바다에 꽃 한 송이 떨어져 있다고 피바다가 좋아지지는 않았다. 되려 꽃까지 꼴뵈기 싫어진달까...

지금 내가 누리고 있는 세속적 조건들도 안 외로운 삶의 충실한 한 축이다. 한국에 산다는 것(여행이 공허하지 않고 즐거우려면 나는 사는 곳이 일정해야 하더라), 길에서 마주치는 얼굴들 대다수가 한국인의 얼굴인 것(아무리 잘생긴 얼굴들도 나와 너무 다르면 나를 위축시키더라), 나를 강제로 집 밖으로 끌어내는 직장이 있다는 것(있으면 괴롭고 없으면 아쉬운 애증의 일자리여), 매일 서로 얼굴도장을 찍는 익숙한 인간들이 있다는 것(그 인간들을 굳이 좋아할 필요는 없다만), 통장 잔고가 몇 개월 생활비는 넘는다는 것(내게 있어 통장 잔고와 외로움은 놀랍도록 정확하게 반비례 관계다. 적정 수준까지는 경제적 여유로움이 행복에 이바지한다는 말이 맞을 수도 있겠다), 망가뜨리면 물어줘야 하는 남의 집이 아니라 그냥 혼자 짜증만 내면 되는 우리 집에 산다는 것 등등.

이 생활의 조건들도 수년간의 자가 테스팅 결과, 내 몸에 맞는 걸로 골라진 것들이다. 녀석들은 가끔 '나 왜 이러고 사나' 하는 자괴감을 선물하기도 한다. 자유, 시간, 노력, 내가 가진 귀한 것들로 값을 치러야 하기 때문이다. 하지만 아무리 비싸도, 녀석들은 내게 소중하다.

수년 전 친구의 통박으로 돌아가서, 다시 답하자면 이렇다. 그렇다. 맞는다. 나는 외로우려고 사는 사람이 맞는다. 하지만 동시에, 작정하고 행복하려고 하는 욕심쟁이이기도 하다. 외로움과 행복, 둘은 내게 왼손과 오른손 같은 관계다.

니가 진짜로 진짜로 무서운 게 뭐야

신해철을 좋아한다. 가끔 흥얼거리는 그의 노래 중 하나가 '니가 진짜로 원하는 게 뭐야. 그 나이를 다 먹도록 그걸 하나 몰라'를 반복하는 곡이다. 처음 들었을 때, 음악을 듣는 게 아니라 욕을 먹는 기분이라 신박했다. 따라 부르면 이게 또 노래를 하는 게 아니라 욕을 해대는 기분이라 시원했다.

달곰이를 산책시키며 노래를 흥얼거린다. 자연스럽게 이어지는 자문 자답. 내가 진짜로 원하는 거? 음, 행복이지. 그걸 얻는 길이야 요리조리 바꿔나갈 일이니, 단정할 수 없지.

'그 나이를, 그 나이를, 그 나이를 다 먹도록, 그걸 하나 모올라, 모올라...' 계속 흥얼거린다. 계속 자문자답이 굴러간다. 진짜 원하는 건 알겠는데, 그럼 진짜로 안 원하는 건 뭐지? 흠. 이건 바로 답이 안 나온다. 내가 진짜로 안 원하는 거, 그래서 현실이 되면 너무너무 무서울 거, 그건 뭘까? 무서운 게 없어서 답이 힘든 게 아니라, 너무 가지가지라 힘든 거다. 질병 사고 같은 횡액이야 당연히 무섭다. 그래서 미리미리 조심조심 살고 있는 거고, 보험도 드는 거고, 저축도 하는 거다. 그래도 당하면 당하는 거니까, 그때 가서 대응하지 뭐. 지금은 꿍실거리는 달곰이 엉덩이나 봐야지 헤헷. 달곰이 산책줄에 이리저리 끌려가면서 아무 생각도 이리저리 흘러간다.

그러다 아는 얼굴 하나를 지나친다. 같은 빌라에 사는 아랫집 할머니다. 그녀는 부지런히 폐지랑 박스를 줍고 있다. 구루마를 끌고 다니는 본격적인 줍줍 마스터는 아니시다. 그래도 아랫집 할머니가 박스 줍는 걸 여러 번 목격했다. 도움이 필요한 불우이웃이 박스를 줍는다는 편견(사실인지 편견인지 아직 잘 모르겠다)이 있어서, 처음 목격하고는 당황했다. 바로 우리 아랫집에 불우이웃이? 이렇게 가까이? 하지만 이제는 그러려니 한다. 그도 그럴 것이 그녀는 자세도 바르고 날씬하고 건강해 보여서 전혀 불우한 기색이 아니기 때문이다. 여차저차 해서 할머니네 집에도 가본 적이 있는데, 무척 깔끔하고 단정했다. 불우한 정도로 따지면 개랑 같이 털 밭에 뒹구는 우리 집이 훨씬 더 불우하다. 그런데 하나 걸리는 게, 그 할머니가 혼자 산다는 것이다.

아하. 이거다. 내가 진짜로 진짜로 안 원하는 거. 바로 독거노인이 돼서, 고독사하는 거다. 생각의 흐름이 여기까지 닿자 씰룩쌜룩 달곰이의 엉덩이를 보고있어도 처량하다. 독거노인은 되기 싫다. 그건 싫다. 고독사는 더더욱 싫다. 이건 무섭다.

나는 걱정스러우면 왜 걱정스러운지 끝까지 파봐야 직성이 풀리는 종류의 사람이다. 이 공포감도 한번 파봐야겠다. 독거노인 되는 게, 혼자 죽는 게, 나는 왜 이렇게 무서운가? 어느 포인트에서? 어떤 이유로? 왜? 애초에 공포의 대상이 뭐지? 달곰이가 터그 놀이에 진심이듯, 나도 이 공포감의 근원을 물고 늘어져 본다.

어디 한번 뜯어보자. 무서움의 실체가 뭐냐? 〈독거노인 고독사〉를 쪼
개면, 〈독거 / 노인 / 고독 / 사〉다. 흠, 4조각 모두 무시무시한 녀석들
이다. 좋아하는 사람들과 함께 하는 것, 젊고 건강한 것, 살아있는 것
은 인간이라면 누구나 선호한다. 당연히 그 반대편에 있는 〈독거노인
고독사〉가 두려울 수밖에. 몸이 혼자인 게 '독거', 마음이 혼자인 게
'고독', 그래서 둘은 묶으면 '혼자'요소가 된다. 그래서 기피대상을 추려
묶어 3개가 된다. 〈혼자 / 늙음 / 죽음〉

'노인'에서 무서운 부분은 실상 '늙는다는 것'. 늙지 않는 노인, 그게 신
선 아닌가? 신선술은 동서고금을 통틀어 연구되어 왔고, 지금도 의학
발전이 열일하고 있지 않나? 나도 안 늙고 건강하기만 한 신선을 시켜
준다면 '아우 감사합니다'가 절로 나올 것 같다. 그래서 공포의 근원은
'노인'이 아니라 '늙음'이다.

'죽음'이라는 요소는 뭐 어떻게 해볼 수가 없다. 그 자체로 공포 덩어리
다. 이 덩어리는 어떻게 쪼개지지도 않고, 줄일 수도 없으며, 어찌저찌
물타기나 합치기도 힘들다.

하지만 〈혼자 / 늙음 / 죽음〉이 모두가 전부 공포의 요체일까? 진짜
대장님은 누군데?

① 혼자? 이게 공포의 핵심인가? 과연?

일단 '혼자' 요소부터 보자. 그냥 '혼자'인 게 무서운가? 지금 우리나라 4명 중 1명은 혼자 산다. 인간이 혼자인 걸 정말 무서워했다면 이런 현실이 가능할 턱이 없지. '혼자'가 무서운 게 아니고, '혼자 오래오래 사는 거'랑 '혼자 맞이하는 죽음'이 무서운 거 아닌가?

그럼 둘 중에 뭐가 더 무서울까? 혼자 오래오래 사는 거? 아니면, 혼자 죽는 거? 엄청엄청 괴롭게 죽는다면 죽는 게 더 무섭지. 아 그런데 또 엄청엄청 괴로우면서 오래오래 사는 건 더 무서운데?

안 고통스러운 상황이라면 어떨까? 고통이라는 변수와 무관하게 볼 때, 혼자 오래오래 사는 거랑 혼자 죽는 거랑, 뭐가 더 무서운가? 안 아프더라도 죽어가는 시간은 실상 살아 있는 영역이니, 시간적으로 따지면 혼자 죽는 시간은 엄청 짧은 거 아닌가? 죽음에 따라 장단이 다르겠지만 '죽음' 그 자체는 '오래오래 사는 것'과 비교해서 시간적으로 짧을 수밖에 없잖아? 그러면 진짜 두려워 할 대상은 '혼자 죽는 것'이 아니라, '혼자 오래오래 사는 것'이어야 하지 않을까? 시간 총량에 따른 체급이 다르니까 말이다.

그래도 감정적인 감정으로다가 혼자 죽는 게 더 무서운데? 하지만 이건 실상 '혼자 죽는 것'에 대한 공포가 아니라, '미지의 것'에 대한 막연한 두려움이 아닐까? 살아는 봤어도 죽어는 안 봤으니까 말이지. 안

해본 거는 어떻게 해도 더 무섭잖아. 그렇다면 그 공포가, 실상 그 대상 때문이 아니고, 그 대상을 알지 못하는 상태 때문임은 인정해야 옳다. 기지의 영역에서 놀다가, 미지로 넘어가려니 쫄리는 거잖아? '죽음'이 아니라, '죽음에 대한 미지'가 무서운 거 아냐?

그렇지만 엄밀하게 '알 수 없는 정도'로만 따지면, '삶'이라는 것도 또 '죽음'에 뒤지지 않는단 말이지. 이해할 수 없고 알 수 없는 미지의 대상으로서, 삶도 죽음도 그 무게는 마찬가지잖아? 인간이라면 누구나 미래를 알 수 없어서 불안하고, 확실한 것은 인생에 아무것도 없잖아? 그렇게 보면 죽음을 삶보다 더 모른다고 할 수도 없는데? 어차피 둘 다 깜깜 모르는 거 아냐? 죽어본 사람이 없듯이, 내일을 살아본 사람도 또 없잖아? 모르기 때문에 죽는 걸 무서워한다면, 모르기 때문에 내일을 맞는 것도 무서워해야 논리적으로 맞는데? 그렇게 맞장 뜨면 양적으로 등치 큰 쪽이 이기잖아? 진짜 두려워할 대상은 '혼자 죽는 것'이 아니라, '혼자 오래오래 사는 것'이어야 한다는 귀결?

아 뭐야. 이미 한번 지나왔던 길로 다시 빠꾸했다. 뫼비우스의 띠인가? 우로보로스인가? 아몰랑 그만하라는 소린가? 그래, 여기까지만 파기로 한다. '혼자' 요소에 대한 내 마침표는 대충 이렇다. '혼자'는 무서운 게 아니다. '혼자 오래오래 사는 게' 1등으로 무섭고, '혼자 죽는 게' 2등으로 무섭다.

그런데 너무 이상하다. 인생 최대의 공포인데, 멋지지는 않더라도 최소한 말은 돼야 하잖아. 1등으로 무서운 게, 혼자 오래오래 사는 거라니? 나는 사는 게 좋은데? 그래서 목표 수명도 150살인데? 오래오래 사는 거, 나는 완전완전 원하는데? 그리고 '혼자'인 건 뭐 그닥 나쁘지 않잖아. 1등으로 무서운 걸 쪼개보면, 그냥 괜찮은 것들의 조합이라니? 뭔데 이거?

2등으로 무서운 것도 이상하다. 혼자 죽는 거? 이건 '죽음'이라는 공포 요소와 중복이잖아. '혼자'인 건 나쁘지 않다는 논리에서, 혼자 죽는 거랑 그냥 죽는 거랑, 대충 서로서로 몸무게 비슷한 거 아닌가? 무엇보다도 1등이 별거 아닌데, 2등이 별거라니, 말이 안 된다.

이렇게 가수분해시키니 '혼자'라는 요소는 실체 없이 흩어진다. 탐탁치는 않지만 일단 내 수준의 생각력으로는 여기까지가 최선이다. '혼자' 요소는 이렇게 그냥 보내주기로 한다. 애는 무서운 게 아닌 걸로 셀프 합의 보는 거다.

② 늙음? ③ 죽음? 뭐가 알짬인가?

다음 빌런은 '늙음'이다. 녀석의 형님 빌런이 '죽음'이고. 두 형제는 비엔나 소시지처럼 이어져 있다. 사실 두 녀석 다 독립적으로 짱 무서운 놈들이다. 하지만 〈독거노인 고독사〉가 왜 무서운지 두뇌 실험을 하는 지금, 놈들을 개별적으로 상대할 수는 없다. 현실 세상에서 죽지 않고 늙기만 하는 사람은 없으니(얼마나 감사한 일인지! 죽지도 못하고 끝없이 늙어만 가는 300살 호호 노인을 생각해 보라!) 공포소설을 쓸 생각이 아니라면 이 시나리오를 깊이 생각할 실익이 없다. 생기지 않을 일이니 대비할 필요가 없는 거다.

반면, 늙지 않고 죽는 일은 현실에서 많이 발생한다. 사고든 병이든 횡액 참변을 당한 경우다. 그렇지만 이 케이스에서 조심해야 할 건 횡액 참변 그 자체지, 죽음이 아니다. 고로, 참변과 요절은 〈독거노인 고독사〉를 파들어가는 과정에서 쓸모 있는 재료는 아니다. '참변'을 당하면 '독거노인 고독사'를 완전히 피할 수 있고, '독거노인 고독사' 처지에 이르면 그건 한평생 '참변'을 요리조리 잘 피한 결과이니, 둘은 양립할 수가 없다. 결국 〈독거노인 고독사〉 현장에서 '늙음'과 '죽음'은 손에 손을 잡은 뗄 수 없는 한 몸으로 보는 게 맞지 않나?

원점으로 돌아와서 묻는다. 〈독거노인 고독사〉 공포의 요체는 정말 뭐냐? 〈혼자 / 늙음 / 죽음〉 중에 짱 먹는 거는 진짜 누구냐? 생각 실험의 결과, 난 〈죽음〉이라고 결론 내렸다. 생각의 힘이 더 커지면 나중에는 바뀔 수도 있는 결론이지만, 여하간 지금은 그렇다.

'죽음'에 대한 공포. 이건 어떻게 손댈 수가 없다. '혼자 있음' 그 자체는 공포 대상이 아니고, '늙음'은 죽음과 짝을 이뤄야만 힘을 내는 기폭제 격인데, '죽음' 앞에서는 그 위용이 한참을 못 미친다. 늙음이 죽음보다 더 무섭다면, 노인들은 죽음을 기꺼이 반겨야 논리에 맞는다. 죽음보다 더 싫은 늙음을 당하고 있으니, 죽음이 환희로 가득 찬 출구로 보일 거다. 하지만 안 그렇지 않은가. 그러니 더 쎈 놈은 '죽음'이라는 생각이다.

결론, 〈독거노인 고독사〉의 요소 요소들을 함박스테이크 반죽 치대듯 다지고 다져서 따져보니 단 하나가 남는다. 딱 하나, '죽음'이다.

공포의 핵심이 죽음이라면 사실 답이 없다. 이건 뭐 숙명이니까. 받아들이는 수밖에. 죽음이 기지가 아닌 미지라서 무서운 거라는 가설도, 검증은 못 하지만 신빙성 있다. '죽음' 그 자체가 무서운가, 아니면 '미지'라는 상태가 무서운가? 어느 쪽이든 피할 수 없기는 매한가지니, 더 따지는 게 무의미하게 느껴진다. 산 사람은 반드시 죽을 운명이고, 또 죽음이 뭔지 절대 이해할 수 없는 운명이다.

이어지는 질문, 이왕 받아들일 거 어떻게 받아들여야 할까? 피할 수 없는 죽음, 피할 수 없는 미지, 이 공포를 어떻게 대할 것인가?

식빵맛 나는 바보의 결론, 그 실용적인 선택
선택을 하지 않는 것도, 하나의 선택이다. 미래와 죽음 앞에서 사람들이 가장 많이들 고르는 선택지가, 그냥 아무 생각 안 하는 거다. 나쁜 선택지는 아니다. 시시때때로 불쑥 다가드는 불안감이나 의뭉스러운 두려움 정도만 버티면, 대충 뭉개면서 살 수도 있다. 계속 이것저것 바쁘게 정신을 산만하게 하면 효과 만점이다. 어쩌면 죽음 바로 직전까지도 죽음에 대한 공포를 피해 다닐 수 있을 거다. 삶의 전반에 드리우는 은은한 회색 톤을 감수하기만 하면 된다.

그렇지만 애초에 회색을 견디기 싫어서 이 생각 실험을 시작한 나에게는 '걍 생각 안 하기'를 고를 여력이 없다. 그게 가능한 선택지였다면 잘하지도 못하는 생각을 조각조각 이어 붙이며 이렇게 귀찮음을 감수하지는 않았을 테다.

'팡세'라는 책이 있다. 저자는 블레즈 파스칼. 나는 책 표지를 가득 채운 그의 얼굴이 마음에 들지 않아서, 표지를 뜯어내고(너무 우울한 얼굴이라 참을 수가 없었다. 미남이었다면 우수에 젖은 걸로 보였을 수도 있으련만.... 파스칼씨, 미안해요....), 알몸으로 드러난 책 속지에 '빵세'라고 적어서는, 회사 화장실에 가져다 두었다. 어찌나 지루한지 화장실 밖에서는 도통 안 읽혀서 말이다.

그 후로 한동안 사무실에서 화가 나거나 짜증이 나서 화장실로 도망갈 때마다 그의 군소리를 한 줄씩 들춰보곤 했다. 불어로 '조각들'이라는 뜻의 철학적 팡세는, 내게 와서 그렇게 심심풀이 빵세가 되었고, 빵세의 첫 장은 화장실에서 시작되어, 몇 달 후 끝장도 화장실에서 덮였다. 불쌍한 빵세. 하지만 미안하진 않다. 파스칼의 생각은 그의 얼굴만큼이나 우울해서, 내게는 쨈쨈이 회사 화장실 친구로서만 딱이 었으니까.

파스칼을 유명하게 만든 명언들이 빵세에서 빵빵빵 이어졌다. '인간은 생각하는 갈대다.' '인간의 모든 문제는 방구석에 가만히 앉아 있지 못 해서 생긴다.' 등등....

하지만 내가 고른 1번 구절은 이렇다.
〈쇠사슬에 묶인 한 무리의 사람들을 상상해 보라. 모두가 사형 선고를 받았는데, 몇몇이 매일 다른 사람들 앞에서 교살 당한다. 남은 사람들 은 동료들의 운명에서 자기의 운명을 읽으며, 고뇌와 절망 속에서 서 로를 바라보며 자기 차례를 기다린다. 이것이 인간 조건의 모습이다.〉

아아 식빵 맞네. 나는 지금 기다리고 있는 거네. 곁에서 같이 기다리는 건강한 동료들은 용케도 딴 데 정신을 팔면서 아무 생각 안 하기에 힘 쓰고 있네. 유독 불안감이 심해서 딴 데 정신 파는 능력이 떨어지는 나 같은 애들이나 아무 생각 안 하기에 실패해서 답이 없는 생각질에 내 몰리는 거고. 그런 애들이 이런 빵 책이나 읽고, 이런 〈독거노인 고독 사〉에 대한 공포추적 생각 실험이나 하고, 그러는 거네. 아아 식빵. 나 는 지금 기다리는 거구나. 아아 그렇구나.

불안해서 생각하기를 피할 수는 없지만, 또 생각을 정교하게 확장해

나갈 능력은 부족한 나는, 아주 단순한 결론에 도달했고, 거기 만족하기로 한다.

〈독거노인 고독사〉가 무서운 이유는 결국 〈죽음〉 때문이다. 죽음은 피할 수 없다. 그저 기다릴 뿐. 죽음에 대한 공포는, 아무 생각 안 하기, 그냥 무서워하기, 그러다 덤덤해지기 정도로 대응할 수 있다. 해결은 아니고 그냥 대응이지만, 뭐 별수 없다. 핵심이 이러니, 곁에 얼마나 많은 죄수가 같이 기다려 주든, 바뀌는 건 없다. 혼자든 여럿이든, 결국 죽는 건 똑같고, 감내해야 하는 공포도 마찬가지다. 무서우면 무리를 이루려고 하는 동물의 본성으로, 죽음 앞에서 우리는 어떻게든 무리 속에 들어가려고 하지만, 실상 부질없다. 죽음 앞에서 무리는 나를 지켜주지 못한다. '고독사'든 '그냥사'든 공포 총량은 대등하다.

그러니까 어쩌라고? 결국 태어나면서 이미 망한 거니까 막 살라고? 아님, 살지 말라고?

아 그건 아니다. 아무리 교살 직전의 죄수라고 해도, 지금 내가 먹는 빵은 맛있고, 지금 내가 받는 햇살은 눈부시고, 지금 내 품에 안겨있는 달곰이는 사랑스럽다. 죽음이 싫고 무섭지만, 이 싫음과 공포가 결국은 생의 가치를 반증한다. 살아있는 것이 그토록 귀하고 좋은 것이라, 그 살아있는 상태가 바뀌는 것이 싫은 거니까.

어차피 끝은 예정되어 있다. 피할 수 없으니 언젠가 맞을 끝에 대해 마음의 준비나 하기로 한다. 겉보기엔 아예 생각 자체를 하지 않는 것과 다를 바 없기도 하다. 하지만 다르다. 외면한 삶에 드리우는 회색은 시작도 끝도 없이 의뭉스럽지만, 끝이 있음을 직면하면 회색은 최소한 의뭉스럽지는 않아진다. 정확한 시작과 끝이 있는 구획된 회색을 보게 되는 것이다. 여전히 두렵고 싫은 회색이고, 외면하든 직면하든 지워낼 수도 없다. 그래도 무서운 것의 실체를 마주하는 쪽이 내 성미에 더 맞는다.

여기까지 타인의 생각 실험을 참아내며 따라와 준 대단한 당신! 당신 성미에는 뭐가 더 맞으신가요? 알려주세요. 생각의 힘 좀 같이 씁시다, 우리.

5. 까짓 독거노인 좀 되면 어때요

그래도 혼자 죽는 게 무섭다면…. 결혼…… 해야하나?

〈독거노인 고독사〉에서 핵핵심만 추출하면 〈죽음〉만 남는다. 그래도! 그래도!! 아몰랑 무조건 '혼자' 죽는 것만은 피하고 싶다면? 가수분해 들어가면 이 욕망이 부질없다고 생각하지만, 어쨌든 욕망은 욕망이다. 누굴 해치는 게 아니라면 욕망은 최대한 들어주는 게 맞다. 부질이 없든 있든 나님이 싫다는데 굳이 시킬 필요는 없으니까. 죽는 것은 피할 수 없지만, '혼자' 죽는 것은 피할 수 있다.

그렇다면 '혼자' 죽는 것을 가장 큰 확률로 피하게 해줄 방법은 무엇일까? 여러 가지 방법이 있겠지만, 대다수가 최선의 방법이라고 생각하는 '결혼'을 한번 볼까?

2024년 지금, 한국에 사는, 35세 이상의 여성이라면, '결혼'은 그다지 좋은 방법으로 보이지 않는다. 같은 여자랑 결혼하는 옵션이 막힌 한국에서, 여자는 남자랑 결혼한다. 남자는 확률적으로 여자보다 훨씬 일찍 아프고, 훨씬 일찍 죽는다. 여자 본인의 '혼자' 죽는 확률을 낮추기는 개코, 상대 남자의 노년 병수발을 들어주다가 임종 때 손잡아 주는 공덕이나 쌓을 확률이 압도적으로 높다. 그 공덕은 참으로 빛나고 훌륭하지만, 나는 지금 보살도 하는 방법을 궁리하는 게 아니라, 혼자 죽는 것을 피하는 방법을 모색하고 있으니, '결혼'은 깨끗하게 낙제다. 여자 본인의 고독사를 피하기 위해 '결혼'에 베팅하려면, 확률적으로 엄청나게 지고 들어가는 도박판에 앉아 있음을 알아야 한다. 그 확률을 최소한 동전 뒤집기 수준으로나마 높이려면, 상대 남자가 8살 이상 연하에, 건강한 습관과 안전한 고소득 직업을 가져야만 할 것이다.

오해 없기를 바란다. 나는 결혼이 사회적으로 유익하고, 영적으로 신성하고, 개인적으로도 엄청 재밌을 수 있다고 생각한다. 그래서 하고 싶고, 언젠가 할 계획이다. 단지, '혼자' 늙어 죽는 게 싫어서 결혼을 선택하는 것은, 부자가 되고 싶어서 강원랜드에 가는 것처럼 어리석은 일이라는 걸 말하고 싶은 것뿐이다.

반대로 남성의 경우라면 결혼이란 시작부터 이기고 들어가는 게임일 거다. 얼마나 재밌을지와는 별개로, 높은 확률로 고독사는 피하게 되겠지. 황혼이혼만 당하지 않는다면 말이다. 하지만 파경을 초래하는 실수를 하는 쪽이 주로 남성인 경우가 확률적으로 높은 것을 보면, 자업자득 황혼이혼을 피하는 것은 남성 본인에게 달려있다고 봐도 좋지 않을까?

아이러니다. 양성생식을 하는 생물 종으로서, 일부일처 결혼이란 여성 쪽에 훨씬 유리하다. 반대로 아무 데나 막 자신을 흩뿌려야 번식 확률을 높일 수 있는 남성 쪽은 이 제도의 희생자일 테다. 문명화된 인류가 더 이상 번식을 위해 결혼하는 것은 아니라고 할지라도, 진화적으로 우리는 우리의 셋팅을 바꿀 수 없다. 여성 쪽의 유전자 재생산에 훨씬 유리한 제도니까, 여성은 이 제도를 더 원하도록 만들어지지 않았을까? 더 결혼을 하고 싶어 하고(가부장제 치하에 더 많은 희생을 강요 당하는 주제에), 더 결혼을 유지하려고 하는(남편이 바람을 피우고 패악을 부려도 자식을 위해 이혼만은 피하려고 애쓰는 여자들이 얼마나 많은가) 쪽으로 말이다. 결혼으로 수명도 행복감도 증가하는 쪽은 남성이라는 연구 결과가 반복적으로 나오고 있다. 그런데도 여자가 결혼 제도에 이바지하는 까닭은, 이러한 이기적 유전자의 농간이 아닐까?

내 아이가 나를 고독사에서 구원해 줄 거야…… 진짜?

잡설이 길었다. 본론으로 돌아가자. 35세 이상의 한국 여성에게 '혼자' 죽는 것을 가장 큰 확률로 피하게 해줄 방법을 마저 찾아보련다. 일단 '결혼'은 아니라고 했다. 그렇다면 '아이 만들기'는 어떨까?

지금 우리 사회에서 '아이'란 '결혼'에 이어져 있다. 하지만 정자 기증을 받든 입양을 하든 뭐 어쩌든, 여자라면 혼자서도 아이 만들기가 가능하다. 사회적으로 큰 비용을 치러야 하겠지만, 불가능한 건 아니라는 소리다. 그럼 '결혼'과 별개로 '아이'만 따져보자. 아이를 낳으면 '혼자' 죽는 것을 피할 수 있을까?

딴소리를 좀 해보자. 본인의 인품이 몇 점이라고 생각하는가? 친구로서 한 인간으로서 당신이라는 사람의 매력도 말이다. 바로 그 점수가, '아이를 낳으면 혼자 죽는 것을 피할 수 있을까'에 대한 답이라고 생각한다. 좋은 사람이라면 아이가 고독사 예방의 해결책이 될 수도 있고, 아니라면 아이는 당신의 고독사를 더더욱 고독하게 하는 서러움의 원천이 될 거다.

혹시 '내가 낳은 내 자식이니까 나를 고독사에서 구원해 줄 거야. 암, 그래야 인간의 도리지!'라고 생각하는가? 그렇다면 당신이 '아이'로써 구원받을 확률은 차라리 '결혼'보다도 더 낮을 수 있다. 물론 늙은 부모를 돌보고 임종을 지키는 건 인간의 도리다. 하지만 아이를 구원자로 여기는 것 자체가 아이에게 짐을 지우는 것이다. 아이에게 짐 지우기를 당연하게 여기는 부모라면, 장성한 아이에게 외면받을 확률도 더 높다는 것을 알아야 한다.

양심에 손을 얹고, 자신부터 돌아보자. 나중에 거동이 불편할 정도로 늙으신 부모님을 자신이 부양해야겠다고 생각하고 있는가? 부모님 노후는커녕 자신의 노후조차 대비가 안 되어 있지는 않고? 당신의 답이 무엇이든, 그 답을 더 개인화 파편화한 게, 당신 자식의 대답일 거다. 거스를 수 없는 시대적 흐름이라는 것도 있는 법이니까.

지금 부모님과 같이 살고 있다면, 부모님을 부양하느라 같이 사는 것인가, 아니면 부모님 집에 당신이 얹혀사는 것인가? 높은 확률로 후자

일 거다. 지금 당신이 독립해서 살고 있다면, 얼마나 자주 부모님을 찾아뵙는가? 수시로 찾아뵙고 연락하고 참 돈독하고 막 그러는가? 또다시 높은 확률로 안 그럴 거다. 당신이 나빠서가 아니라, 사회의 결이 그렇게 흐르고 있다.

더 이상 불효했다고 돌로 치는 사회가 아니다. 애초에 뭐가 '불효'인지에 대한 사회적 논의가 바닥부터 다시 이루어지고 있다. 의무감만으로 이어지는 관계는 없다. 관계 그 자체가 즐거움을 줘야만 유지될 수 있다. 부모자식 관계도 예외일 수 없다.

이런 세상에, 자식이 부모님을 자주 뵙고 연락하고 가까이 지낸다면, 그건 부모님에게 원하는 것이 있어서 그러는 걸 거다. 그게 유산일 수도, 따뜻한 관계일 수도, 어쩌면 둘 다일 수도 있겠지. 부모가 자식에게 바라는 입장은 두 번째일 거고, 그러려면 부모는 자식에게 진실한 친구여야 할 거다.

우리가 '혼자' 죽는 것을 피하게 해줄 방법으로서 '아이 갖기'의 가치는 어떤가? 그 방법을 선택하는 개인의 인간적 가치와 거의 같지 않을까 한다. 역으로, 그런 인간적 가치를 가진 인격자가 자기 일신의 고독사를 피하기 위해 아이를 갖는 장면은 상상하기 힘든 것도 사실이다. 아이의 존재 자체를 원해서, 사랑해서, 뭐든 더 위해주려고 하다 보니, 어쩌다 본인의 고독사를 피하는 곁가지 효과를 얻을 수야 있겠지만.

그렇다. '결혼'은 지는 베팅이요, '아이'는 나님의 역량에 따라 결과가 갈리는 베팅이다. 그런데 둘의 공통점이 있다. 눈 튀어나오게 비싸다는 거다. '결혼'도 '아이'도 개인이라는 존재 자체를 휘두르는 엄청난 무게감을 가진다. 거기 드는 시간, 돈, 정신력, 의무, 피로감 등등. 물론 가치 있고 흥미로운 인생의 과업이니 당연한 것이리라.

하지만 고독사 좀 피하자고 뛰어들기에는 너무 크고, 너무 비싸고, 너무 귀한 큰 일이다. 배고프면 만 원짜리 버거를 사먹을 일이지, 천만 원짜리 샤넬백을 사먹을 일인가? 백도 고기(가죽도 고기다)로 만들어서 마음먹고 먹으면 못 먹을 것도 없다. 하지만 수지타산 안 맞는 짓임에는 틀림없다. 내가 보기에 '결혼'도 '아이'도 버거가 아닌 샤넬백이다. 갖고 싶어서 사야지, 배고파서 먹으려고 사야 할 대상은 아닌 것 같다.

가성비 좋은 전략 = (투표) + (돈^3 × 건강^2 × 친구)

이제 좀 더 싼 걸 찾아보자. 고독사 회피라는 목적에 이바지하는 가성비 좋은 방법은 뭘까?

일단 제일 싸고 쉬운 건, 투표를 하는 게 아닐까 한다. 투표율이 높은 인구집단에 정치인들은 자연 신경을 더 쓸 수밖에 없으니, 어디를 찍든 일단 닥치고 투표를 하는 것 자체가 중요하다는 생각이다. 예비 독거노인으로서 미래의 자신을 더 살뜰히 돌보는 쪽 후보자에게 힘을 실어주는 거다. 진보네 보수네의 문제가 아니다. 콩 한 쪽이라도 바르게 나누는 것도, 파이를 키우고 사회를 다이어트 하는 것도, 하기 따라 다 약도 되고 독도 된다. 여하간, 늙어지면 못 논다고 투표날에 놀러 다닐 일이 아닌 것이다.

배우자나 자식보다 공무원이 임종을 지키는 빈도가 늘어나는 사회가 올지도 모른다. 슬프지만 무척 가능성 높은 미래라고 생각한다. 죽음을 분류할 때, 1등이 고독사고, 2등이 공무원이 임종을 지켜주는 공공사가 되는 그런 미래 말이다. 망상이길 바라지만, 동시에 그런 미래가 오고야 말았을 때, 나는 사회가 나서서 고독사의 빈도를 줄이고, 임종을 지키는 공무를 양적 질적으로 확대하길 바란다. 그리고 그 신성한(?) 공무를 수행하는 인력들이 제대로 된 훌륭한 사람들이고 쪽수도 많기를 바란다. 그래야 고독사가 줄고, 공공사도 평온할 테니까.

사회적 돌봄체계가 나아가는 방향, 즉 우리 사회가 굴러가는 방향에 지속적인 관심을 주는 것, 이게 내가 생각하는 1번 가성비 전략이다. 그러니까 그냥 투표하면 된다는 거다.

다음으로 가성비 좋은 고독사 회피 전략은, 개인적 돌봄체계의 강화라고 본다. 뭐시기 뭐시기 체계라니, 공무원스러운 언어 선택에 사과한다. 하지만 뜻은 단순하다. 행복한 노년을 위해, '돈'이랑 '건강'이랑 '친구'를 좀 저축하자는 말이다. 멀쩡한 '결혼'과 '아이'라면, 이 또한 개인적 돌봄체계의 한 축이 될 테지만, 너무 비싸니까 여기서는 생략하기로 한다.

사회적 돌봄체계가 착실하게 굴러가는 안전망 속에서, 그걸 빈틈없이 보완하는 개인적 돌봄체계까지 잘 굴러가 준다면, 고독사 회피 전략으로 이만한 게 또 있을까? 〈투표 + 돈, 건강, 친구〉 이 레시피는, 황금 같은 노후 전략이기도 하니까, 여러모로 남는 장사다.

가족이 수행하던 대다수의 기능들이 사회로 차근차근 옮겨지는 세태다. 그게 현재의 대세고, 앞으로 더 강해질 시류다. 대세에 역행해서 전통적인 가족의 부양 기능에 의지하려고 가족을 꾸리는 건, 이미 고갈된 연금에 뒤늦게 몰빵 적립하는 꼴이다.

필연적으로 사회가 부양기능을 떠맡게 된다면, 여력이 있을 때 그 기능이 잘 굴러가도록 힘을 모아 사회를 정비하는 게 더 맞지 않나? 동시에, 돈도 모으고, 건강도 챙기고, 친구도 챙기고, 뭐 그러면 괜찮지 않을까? 죽기는 죽어도 고독하게 죽지는 않을 것 같은데?

똑같이 귀한 내 생의 10분
살아있는 10분과 죽기 직전 10분은 똑같이 귀한 생의 10분이다. 죽기 직전 10분만 혼자이면 안 되는 까닭이 뭘까?

그런데 죽는 게 아니라, 혼자 사는 게 두렵다면? 사람이야 다양하니까 그럴 수도 있다. 그렇다면 이때는 가족을 만드는 게, 결혼을 하는 게 정답이겠다. 다만, 가족을 만드는 방법은 좀 다양해지면 좋으리라. 결혼 못 하고 애 못 낳아도 즐겁게 어울려 살 권리 정도는 모두에게 있다. 다양한 방법으로 가족을 만들고, 그렇게 만들어진 각양각색의 가족들이 모두 인정받는 포용적인 문화가 있다면, 행복하기가 한결 쉬워지지 않을까? 동성결혼은 먼나라 이야기더라도, 친구가 병원 보호자 정도는 되어 줄 수 있으면 좋겠는데 말이다.

혼자고 나발이고 문제가 아니고, 늙는 것 그리고 죽는 것 자체가 그냥 막 무섭다면? 이건 뭐 무서워한다고, 결혼을 10번 한다고, 애를 100명 낳는다고 어떻게 할 수 있는 부분이 아니다. 살아있는 것의 숙명, 그저 인격도야의 영역이니까. 연금술에 투신해서 현자의 돌을 만들든, 내세를 약속하는 종교에 몰두하든, 다 개인의 자유겠지만, 가장 합리적인 자세는 늙음도 죽음도 모두 운명이요 하고 순응하는 태도라고 생각한다. 죽음 자체가 무섭다면, 최선의 답은 지금 당장 여기 살아있음에 집중하고 또 집중해서 순간을 귀중하게 살아내는 것이라고 말이다.

고독사건 다복사건 死는 死. 무섭다. 그 공포가 고독함 여하로 얼마나 달라질지는 모르겠다. 곁에 누가 있어서 안 죽는다면 모르겠지만, 죽음은 피할 수 없다. 그래도 그 순간, 누군가가 손을 잡아 주는 것이, 미지의 공포에 대한 다정한 완화제 정도는 될 거다.

나도 그 다정한 완화제가 탐난다. 물론 딱 그것만 탐내는 건 아니다. 삶에서 누리고 싶은 여러 가지 중에, 하나로서 탐낼 뿐이다. 임종의 순간에 주어지는 타인이라는 진통제가, 삶의 다른 모든 좋은 것들에 앞서는 절대적인 귀중품일 수는 없으니까.

영혼을 넘치게 채워버리는 사랑하고 사랑받는 순간. 지적인 섹스와 마음의 오르가슴을 선사하는 훌륭한 책과 대화. 내일도 당연히 내일의 해가 뜨리라고 오만을 부리게 만드는 내 탄탄한 건강. 그 뜨는 해가 총과 피로 얼룩지지 않게 해주는 내 나라의 평화. 나와 내 소중한 이들을 풍요롭게 감싸는 넉넉한 경제력. 이렇게 아름다운 것이 있다니! 이토록 재밌는 것이 있다니! 이렇게나 맛있는 것이 존재한다니! 하고 맨날 경탄하게 만드는 이 멋진 세상. 내 시간과 노력을 쏟아야 할 대상은 이것들 말고도 정말이지 너무나도 많다. 이것들이 임종의 순간 손잡아 줄 타인의 존재보다 덜 귀한가? 그렇다고 확답하는 이의 생애는 얼마나 안쓰러운가!

백 년의 살아있는 삶이, 죽어가는 단 몇 시간보다 덜 중한가? 임종의 순간 타인의 다정한 위로가 필요한 것은 죽음이 무섭기 때문이고, 죽음이 무섭다는 건 그만큼 생이 귀중하고 아까운 것이라는 반증일 수 있다. 그렇다면, 그 무서움을 완화하고자 애초에 더 귀중한 삶을 가벼이 여기는 건, 순결한 모순이다. 꼬리가 머리를 흔들게 둬서는 안 되는 것이다. 죽음을 두려워하는 감정 자체가, 살아있는 지금, 이 순간을 충실히 살아야 한다는 당위성의 뿌리가 되지는 않을까? 모든 산 것이 살아있을 수 있는 시간은, 당장 이 찰나밖에 없으므로.

박스 할머니로 시작된 생각 실험은 여기까지다. 자문자답 한번 실컷했네. 어쩌면 달곰이 목줄을 잡고 이런 생각을 이어가는 나보다, 저 앞에서 풀밭을 킁킁거리는 달곰이가 더 충실하게 살아있는 것이리라. 저 신난 엉덩이보다 어떻게 더 충실히 살아있느냐 말이지.

까짓 독거노인 좀 되면 어때요?

어떠긴 뭐가 어때, 무섭지! 〈독거노인 고독사〉 무섭다고! 그래도 '독거노인 진짜 까짓 좀 되면 어때요? 독거인 순간도, 노인인 순간도, 살아있는 순간순간이 모두 선물인데.'하고 배짱부리는 사람이 되기로 선택한다. 그렇게 생각하는 사람이, 그렇게 믿는 사람이 되기로 말이다.

이왕 태어난 거, 재미있게 살고 싶다. 더 많은 재미를 세상과 나누고 싶다. 안 외로우려고 신경 쓸 시간에, 더 재미있게 살 궁리를 하고 싶다. 내가 고른 내 길을 가는데, 하고 싶은 걸 하나라도 더 하는데, 달곰이가 좋아하는 산책을 한 번 더 하는데, 내 생을 쓰기로 선택한다.

가치의 원천이 되면 다른 많은 것은 알아서 해결된다는 지혜로운 위인들의 조언을 믿기로 한다. 외로움의 해갈 역시, 알아서 해결되는 많은 것들의 일부이리라. 위대한 위인들이 생을 걸고 검증한 진리라도, 내 삶에 직접 테스트해서 결과를 보기 전까지는, 내 세계에 들어오지 못

한다. 그래서 일단 믿기로 선택하고, 테스트를 해본 후, 그 결과를 직접 구경하기로 한다.

혼자 죽는 게 두려운가? 하지만 인간은 어차피 혼자다. 생이 그렇고, 죽음 또한 그렇다. 살아있는 이상, 어차피 받아들여야 할 대상. 그렇다면 그냥 싸우지 않고 받아들이기로 선택한다. 〈삶에 저항하면 끌려가고, 삶에 순응하면 업혀 간다.〉 세네카가 말했다. 참 매혹적인 명언이 아닐 수 없다. 어차피 가야만 하는 길이라면, 나는 업혀 가며 꿀 빨고 싶지, 손목에 멍들게 끌려가고 싶지는 않다. 독거네 노인이네 따질 순간에, 하고 싶은 거나 하나 더 해 버리기로 한다. 독거노인이 되자는 게 아니고, 독거노인이 되든 안 되든, 중요한 건 그게 아니기 때문이다. 세네카씨 말대로 이리 가든 저리 가든 가는 건 매한가지. 나는 내게 중요한 걸, 내 손으로 고르기로 했다.

6. 나도, 혼자 산다

내 한 몸 귀하기가 황금같아

살살 눈치를 보며 핸드폰 알람이 울린다. 숨소리와 뒤척이는 소음을 측정해서 내가 이미 반쯤 깨어났을 때 부드러운 알람을 시작하는 이 고마운 녀석. 이 눈치 있는 친구와 함께한 지도 이제 사 년째다. 알람 중에 사람 눈치 따위 절대 안 보는 애들이 얼마나 많은지, 놈들의 도움으로 시작하는 아침은 얼마나 피곤한지, 나는 생생히 기억하고 있다. 이 눈치 좋은 친구 덕에 내 아침은 덜 괴롭다. 눈치 알람이 나를 깨운 지금 시간은, 토요일 새벽 5시 6분.

"오늘도 멋진 하루가 될 거야~!"
몸을 일으켜 발치에 있는 알람을 끄면서 나 자신을 응원한다.

"달곰이도 멋진 하루 되세요. 우리 공주. 오늘도 잘 부탁해~"
내가 침대에서 몸을 일으키면 늘 신이 나서 나를 반겨주는 내 멍멍이에게 건네는 아침인사다.

달곰이는 왜 내가 잠에서 깨면 이렇게 반가워할까? 마치 집 나간 주인이 돌아온 걸 반기는 텐션이다. 집 나갔던 주인이 돌아오나, 몸 나갔던 주인정신이 돌아오나, 그게 그건 건가?

부엌으로 나가 물을 끓인다. 새벽 공기가 선선하다. 포근한 침대는 사시사철 너무나도 유혹적이다. 계속 누워있어도 내 기분이 삼삼할 수 있다면 그렇게 했을 거다. 하지만 까다로운 내 에고는 주말에도 이른 아침을 강요한다. 게으른 주제에 본성대로 맘껏 게으름을 부렸다가는 내 에고가 아주 피곤하게 군다. 어쩌라고, 나님놈아.....

쿠팡이 미국에서 사다 준 저렴이 비타민C 가루를 미지근한 물에 톡톡 털어넣고 꿀꺽꿀꺽 마신다. 이 정도로 아침저녁 비타민C를 마셔대면 피부에 광 좀 나야 하는 거 아닌가? 모르겠다. 여하간 이 비타민C 물은, 아침 커피 대용이다. 눈뜨자마자 커피부터 들이붓던 습관을 최근 들어 바꿨다. 일어나서 30분 정도 기다렸다가 커피를 마셔야, 커피에 내성이 덜 생긴다나 어쨌다나. 잠 깨우는 호르몬이 자연히 알아서 다 나온 다음에 커피를 부어줘야 한다나 어쨌다나.

나는 커피를 사랑한다. 정확히는 커피가 선사하는 기분을 사랑한다. 써놓고 보니 무슨 약쟁이 같지만, 사실인 걸 어쩌겠나. 커피를 마시면 잠깐이지만 정수리에 불이 반짝 들어오는 느낌이다. 이 반짝반짝한 느낌을 사는 내내 계속 누리려고, 기상 후 30분 동안 커피를 참기로 한 거다. 30분, 커피 수혈까지 기다려야 할 시간. 고미를 예뻐하고, 침대를 정리하고, 옷을 입고, 하루 계획을 슬슬 정리하며 견뎌낸다.

커피에 곰팡이 독소가 들었다는 어느 사업가의 책에 낚여서, 그가 파는 무곰팡이 원두를 대량으로 사재긴 적도 있다. 나를 호구 잡은 그 사업가는 데이브 아스프리다. 내게 운동루틴을 선물한 바로 그 아저씨다. 사재긴 원두를 직접 갈아서, 프렌치프레스로 내려 먹다가, 최근 들어 그냥 카누로 타협했다. 몸에 안 좋은 다른 오만가지는 하나도 안 끊었는데, 고작 커피 하나 건강하게 마시겠다고 부산을 떠는 행태가 스스로 웃겨서 말이다. 아스프리는 설탕, 축산육, 밀가루, 빵과자, 아이스크림, 조미료 등등이 몽땅 다 나쁘다고 했고, 난 그의 말이 다 맞는다고 생각한다. 원래 좋아하는 사람 말은 다 맞는 법이니까. 하지만 나는 오늘도 도넛과 라면을 먹을 거다. 주말의 신성함을 지키려면 어쩔 수 없다. 나쁜 음식들도 언젠가는 끊을 테지만, 그날이 오늘은 아닌 거다.

사는 건 즐겁다

결국 길고 긴 30분이 지나서 따뜻한 커피 머그가 내 입술에 닿았다. 하아~~~ 살겠다.

고미는 내가 침대를 떠나면 굳이 따라나와서는 쉬야를 하러 간다. 그러고는 계속 따라다니며 와웅와웅 참견을 좀 하시다가, 다시 침대로 돌아가 뒹굴거린다.

커피를 들고 침대로 간다. 역시나 옹송그리고 동그란 시나몬 번을 굽는 고미가 있다. 녀석의 등과 머리에 뽀뽀를 했다.

"아고~ 우리 예쁜 고미, 우리 공주님~, 내 동생~, 내 친구~"
다정이 젖과 꿀처럼 흐르는 내 목소리를 혹시 남이 들을까 무섭다. 고미가 시나몬 번을 풀고 배를 보이며 귀를 눕힌다. 어서 더 격하게 예뻐하라는 뜻이시다. 나는 달곰이 말랑한 배에 뿌우우우 배방구를 놓는다. '이 언니 또 이러네. 질리지도 않나' 한심해하는 빛이, 고미의 눈에 슬쩍 스친 것도 같다.

새벽하늘이 청색에서 귤색으로 수줍게 바뀌어 간다. 이 설레는 풍경을 마주하고, 서재에 자리를 잡는다. 멍 때리고, 웹툰 보고, 계획도 세우는 내 자리다. 시시각각 변하는 새벽하늘을 담은 창문과, 직접 만든 조립식 책장에 넘쳐나게 꽂힌 책들이, 나를 둘러싸고 안정감을 준다.

커피 마시기는 정오에 끝난다. 커피와 함께하는 이 오전 시간이, 내게는 가장 맑은 시간이다. 뭘 하든, 이때 몰아서 해야 한다. 때를 놓치면 아무것도 못 하는 거다. 오늘은, 월간계획을 세우고, 읽던 책 진도를 좀 뽑고, 헬스장에 갔다가, 청소를 해치울 거다.

그러다 오후가 되면 머리에서 반짝하던 카페인 불이 꺼진다. 방탕하게 인생을 즐길 시간이다. 나의 까만 멍멍이는 태닝을 즐긴다. 그런데도 나한테 맞춰주느라, 평일엔 맨날 별빛산책만 한다. 오늘은 꼭 달곰이에게 햇빛산책을 선물해야지. 산책 후에는 마트에 들러서 간식거리를 잔뜩 챙길 거다. 똠얌꿍 컵라면, 도넛, 두유, 시리얼, 사과를 사야지.

그걸로 1인 잔칫상을 차려놓고, 스릴러 웹툰을 정주행해야겠다. 아아 너무나 즐겁다.

사는 건 즐겁다. 혼자든 둘이든 셋이든, 일단 살아있다는 건, 참 즐거운 일이다. 슬프고 힘들 때도, 사실은 즐겁다. 당장은 물론 죽네사네 하겠지만, 가끔 생각나는 3단계 마라탕처럼 이 또한 사는 맛의 일부라고 생각한다. 재미를 찾고자 마음먹은 사람 눈에는, 세상이 온통 재미투성이다. 반대도 마찬가지일 거다. 날 때부터 거슬리는 게 많았던 예민한 나, 그래서 작은 것에서도 큰 재미를 찾아낼 수 있는 섬세한 나, 나는 이런 내가 참 좋다.

삶이 즐겁다는 명제에 동의할 수 없는 순간, 나는 스스로 이런 궤변도 늘어놓는다. '지금 난, 안 살아 있고 싶지 않아. 그러니 좋아서 살아 있는 셈이야. 결국 나는, 하고 싶은 걸 하는 중이네? 이렇게 내 쪼대로 하고 있으니, 즐거워야 하지 않을까?' 이 궤변이 내게는 잘 통한다. 누구나 자신에게 먹히는 궤변 몇 개는 가지고 살아가면 좋겠다. 오로지 본인의 재미를 위해.

아무도 잔소리하지 않습니다. 아니, 못합니다.
"여자는 능력만 있으면 혼자 살아도 돼야..."
우리 가족 최고 어른인 할머니 말씀이다. 대학교 다닐 때부터 이 말을 들어왔다. 남자는 혼자 살면 불쌍하고 안됐지만 여자는 자기 앞가림에 문제가 없다는 것이 그녀의 지론이다.

"참 불쌍햐... 세상에 뭐 하나도 못 낳아보고... 참 안쓰라..."

근데 또 모순되는 게, 그런 할머니가 세상에서 가장 불쌍하게 여기는 것이 자식 없는 여자다.

여기 또 모순에 모순이 겹치는 게, 할머니는 일평생 아들 둘, 딸 셋에 시달리며 사셨다. 누가 나서서 할머니를 괴롭혔다기보다는, 그네들의 인생사 자체가 할머니에게는 고통이었다. 삶이라는 게, 잘될 때도 힘들 때도 있는 법이다. 그런데 자식들이 잘되는 것은 신경 쓰지 않고, 힘든 것만 몇 배로 키워서 걱정을 일삼으니, 본인 스스로 단 하루도 편할 수가 없는 것이다. 부모로서의 천형인가? 자업자득인가? 나는 모르겠다.

어려서 할머니 손에 자란 나는, 매일매일 걱정의 대상을 바꿔가며 하루분의 고통을 충실하게 캐리하는 그녀를 늘 봐왔다. 하루는 고모부가 빚이 있어서, 하루는 삼촌이 장가를 못 가서, 또 하루는 아빠가 외국에 있어서, 다른 하루는 큰고모가 사업을 해서, 기타 등등 기타 등등. 할머니는 참 엄청난 체력으로 걱정을 해댔다. 그런데도 걱정의 원천인 자식이 없는 여인을 불쌍히 여기다니? 본인은 자식들 때문에 웃어본 적도 없으면서? 미스터리한 할머니 마음이다.

어차피 대세는 나다. 비혼, 만혼, 1인 가구! 미래 분석에 빠짐없이 등장하는 핵심 키워드다. 이제 아무도 '노처녀'라는 단어를 쓰지 않는다. '처녀'라는 단어 자체가 함부로 입에 올리면 안 되는 불편한 단어가 되기도 했다. 하지만 '노처녀'의 실종은, 보다 큰 시대적 흐름으로 보아야 한다.

원치 않는 놀림의 대상이 되는 것은, 필연적으로 소수다. 다수가 놀림의 대상이 되는 경우는, 그 다수가 암묵적으로 허용해 준 경우뿐이다. 다구리 앞에 장사 없는 것이다. 다수를, 자의에 반해서 괴롭히기란 불가능하다. 지금 우리는 바야흐로 노처녀가 다구리를 '당하는' 소수가 아닌, 다구리를 '하는' 다수가 된 사회에 살고 있다. 노처녀로 불리기 좋아하는 여자는 없다. 그런 여자들이 있었다면 이 단어가 이토록 철저하게 백지화되지는 않았을 터다.

누구든, 언젠가, 어디에선가, 반드시 소수의 입장에 서게 된다. 그리고 그 소수를 대하는 사회적 자세에서 그 사회의 격이 결정된다. 한때 노처녀라 놀림 받던 우리는, 소수일 때 별로 다정한 대접을 받지 못했다. 그리고 이제, 원치 않는 취급을 막아버릴 정도로 등치가 커졌다. 조만간 새로운 소수자 집단을 얼마나 다정하게 대할지 결정할 권한도 손에 쥐게 될 거다. 소수가 다수가 되면 당했던 것을 그대로 되돌려주려는 악과 깡을 발휘하기도 한다. 그건 또 그대로 정의롭다고 생각한다. 어느 적정선까지는 말이다. 우리는 우리의 등치를 얼마나 품격있게 써먹을 것인가? 얼마나 다정한 다수가 될 것인가? 답은 뭐 당연하게도, 나도 모른다. 그저 오늘도 나는, 새로운 삶의 형태를 즐겁게 배워나갈 뿐이다.

세상이 참 좋아졌다. 우리는 이제 유수 석학이나 문학 천재가 아니어도 세상에 자기 생각을 내놓을 수 있는 시대를 살고 있다. 공허한 메아리로 흩어지고 말지언정, 애초에 '야호' 내질러 볼 자유가 있음에 정말이지 감사하다. 제각기 다른 삶을 살며 다른 생각을 하는 사람들이 외쳐대는 '야호'가 예쁜 책으로 묶여 나온다. 읽을 때, 아아 이런 삶도 있구나, 하게 만드는 책들을 나는 아주아주 좋아한다.

다양한 '야호'들이, 세상을 대하는 내 마음을 키워준다. 더 많은 사람이 자기만의 '야호'를 외치고, 더 많은 사람이 너그러이 타인의 '야호'를 들어주는 세상, 거기 사는 다수는 더 다정하지 않을까? 또 거기 사는 소수는 좀 더 마음 편히 자신을 드러낼 수 있지 않을까? 모르는 걸 모른다고 가뿐하게 인정할 수 있는 따뜻한 회색지대가 좀 더 넓은 세상에서 살고 싶다. 너그러운 타인의 삶을 구경하면 뭔가 꼬숩고 따숩다. 말 한마디 나누지 않아도 외로움이 쪼그라드는 기분이랄까. 그 '야호'들이 내게는 찐 친구들이다. 나도 누군가에게 그런 '야호'가 될 수 있기를 욕심내본다.

나는 나를 사랑합니다. 당신도 그러길 응원해요.

생각에도 DNA가 있다. 인간이 책을 쓴다. 거기 생각의 DNA가 담긴다. 잘난 인간은 잘난 DNA를, 덜난 인간은 덜난 DNA를 담는다.

인간이 책을 읽는다. 책에 살던 DNA가 책을 읽는 독자의 마음속에 스며든다. 독자의 마음 땅에 씨앗으로 뿌려진다. 땅마다 잘 맞는 씨앗이 다 따로 있다. 세상에 독특한 부분이 없는 인간의 마음이란 없으니까. 인간이 80억 명, 각양각색 마음도 80억 개. 다른 마음에 뿌려진 씨앗은 다른 열매를 맺어낸다. 이제 덜난 인간들도 자기 씨앗을 맘껏 뿌릴 수 있게 됐다. 그만큼 사람의 마음 땅이 귀해졌다. 좋은 일이다. 본디 귀한 것이, 합당한 대접을 받게 된 것이니.

내가 이 책에 담아낸 덜난 생각의 씨앗도, 어디에선가 누군가의 귀한 마음 땅에 심기게 될 거다. 상상조차 감사한 일이다. 단 한 조각의 마음 땅, 단 하나의 화분이라도 차지할 수 있다면 얼마나 행복할까. 터를 잡은 씨앗은 땅 주인을 닮은 열매를 키워 낼 터다. 필경 아름다울 그 열매는, 땅 주인을 닮은 빛깔에, 씨앗의 힘도 또한 품고 있을 거다. 당신이 맺어낼 그 열매가 궁금하다. 독서와 대화, 농사와 짝짓기. 세상을 굴러가게 하는 생산과 소비와 재생산의 수레바퀴는 놀랍도록 닮았다. 그 결과를 예측할 수 없다는 점에서 더더욱.

책의 진짜 값은, 독자의 시간으로 치러진다. 한 권의 책을 읽는 데 드는 한 사람의 시간, 이토록 가늠할 수 없이 비싼 것이, 책의 진짜 값이다. 그래서 여기까지 함께 마음 수다를 떨어 준 당신이, 나는 진심으로 설탕보다 고맙다. 책은, 읽어주는 사람이 있어서, 존재의 힘을 얻는다. 나랑 놀아주셔서 감사드린다. 여기 내어준 당신의 귀한 시간에 깊이깊이 감사드린다.

누가 우리 집에 와서 가장 하면 안 되는 일이 두 가지 있다. 1번이 달곰이 거슬리게 하기, 2번이 내 책장에서 책 꺼내보기다. 거의 모든 인간이 1번 필터에 걸려서 아예 우리 집 출입을 금지당했다. 달곰이가 우리집 실세이니 당연하다. 2번 필터와 관련해서는, 나라는 인간의 알맹이가 책장에 들어있는 탓이다. 적어도 그 찌끄만 알맹이만은 계속 나만의 것으로 남겨두고 싶은 욕심이랄까. 책장만 안 만지면, 무시로 냉장고를 열어 내 카스텔라를 꺼내먹거나, 옷장을 열어 내 팬티를 비웃는건, 차라리 괜찮은 일이다.

책을 즐기는 사람, 특히 책을 지저분하게 다루는 타입이라면, 그 사람의 책장에서 그의 가장 내밀한 속살을 엿볼 수 있다. 별로인 구절에는 온갖 상스러운 험담이, 맘에 드는 구절에는 촌스러운 찬양이, 흥미로운 부분에는 미주알고주알 자기 생각이 주렁주렁 달려있을 테니. 그생각들이 너무도 날 것 그대로라, 어디 내놓기 부끄러울 수도 있다. 나는, 내 존재가 만들어 낸 조촐한 가내수공업 물품으로서, 이 날 것들을 극도로 아낀다. 창피한데 또 아깝고, 아끼는데 또 남부끄러운, 뭐 그런 애증의 관계다.

내 욕받이가 된 책에도, 나는 깊은 감사를 품고 있다. 물론 저자를 만나면 '이런 걸 세상에 뿌려놓고 밤에 잠이 오느냐' 하고 패악을 부릴거다. 그래도 나는 그들에게 빚이 있다. 내 우주에서 선한 것은 무엇이고, 귀한 것은 또 무엇인가? 내가 욕망하는 것은 무엇이고, 애타게 귀애하는 것은 또 무엇인가? 이런 질문에 대한 답을, 나는 싫은 것을 욕하면서 깨달았다. 그렇게 찾은 답들이, 내게는 보물이고 이정표다. 사람은 욕을 하면서도 성장한다. 뭐에 좀 거슬려 봐야, 자기가 어디에 거슬리고 왜 거슬리는지 스스로 알아갈 터다. 험담의 대상이든 칭송의 대상이든, 사람의 세상을 확장하는 밑거름이 되는 건 마찬가지다.

책을 읽어서 가장 좋은 것이 무엇인가? 재미? 지식? 아니다. 그건, 기회다. 자신에게 좋은 질문을 던질 수 있는 기회, 정신없는 세상 속에서 잠시나마 자문자답할 수 있는 기회, 이 기회야말로 독서의 1등 장점이다. 그래서, 책을 읽는 것은, 실상 자신을 읽는 행위가 된다.

내 편린들을 모아서 만든 이 책도, 누군가에게는 그렇게 내밀한 애증의 대상이 될 수 있기를 간절히 욕심부려 본다. 부족하면 부족한 대로 투덜거릴 대상으로서라도 말이다.

아무리 부족한 책이라도, 한 권의 책은 저자 한 사람으로만 만들어지는 게 아니다. 생각 가내수공업 공장이 돌아가게 재료를 공급해 준 선생님들, 출간이라는 신세계에 도전하도록 도움을 준 귀인들까지, 내가 감사를 빚진 은인들이 너무나 많다. 이렇게 무수한 분들의 무수한 도움이 있어서, 이 졸작이 세상의 빛을 볼 수 있었다. '이 졸작'은 한 권의 책이기도 하지만, '나'라는 인간의 어엿한 일부이기도 하다. 나를 나로 있게 해준 은인들은 또 얼마나 많은지! 다만, 이 졸작에 졸스러운 부분이 있다면, 그건 오롯이 내 탓임을 확실히 밝혀두고 싶다.

'부끄럽지 않다면, 너는 그 상품을 너무 늦게 세상에 내놓은 거야.' 한 실리콘밸리 창업가가 한 말이다. 억만장자인 그는 너무도 바빠서, 나는 그를 책으로만 뵈었지만, 이 말은 내게 아하! 순간을 선사했다. 완벽주의 늪에 빠져 세상의 피드백을 구할 기회를 놓치지 말라는, 자기 창작물과 사랑에 빠져 천년만년 품고 묵히지 말라는, 누구한테 보여주는 게 부끄러운 때가 사실은 그걸 공개하기에 최적의 시기일 수 있다는, 그 부끄러움은 자아를 담은 물건을 세상에 선보이는 모든 생산자에게 필연적으로 주어지는 건강한 숙명임을, 그 부끄러움을 감당할 수 없다면 결국 세상의 빛을 보지 못하고 무명의 우주에 잠겨버릴 거라는, 이 모든 가르침이 구구절절 담겨있는 뼈 때리는 한 마디였다. 역시 억만장자 아무나 되는 게 아니구나 싶었다.

용기 내서 이 책을 내놓는다. 아 정말 부끄럽다. 너무 놀리지는 말아 달라. 내 버킷리스트에는 '책 12권 출간하기'가 올라 있다. 그걸 다 써 내려면 지금 이렇게 창피함을 감내하는 수밖에 없다. 다음 책은 쪼끔 더 나아지겠지. 살아 있는 한 버킷은 계속 차야만 한다. 그러니 조만 간 다음 권 분량의 부끄러움을 장착하고 다시 오겠다. 마음 가득 차 오르는 부끄러움 파워는, 부끄러운 나를 숨기는 데 쓰지 않고, 부끄러 워도 나를 앞으로 밀어내는 데 쓰기로 했다. 밀다가 자빠져도 별수 없 지. 달곰이가 비웃어도 별수 없지. 어차피 못 피할 부끄러움이라면 껴 안고 가야지 뭐.

이 책을 읽는 당신께 말한다. 이 책은, 당신을 어떤 식으로든 응원하 기 위해 쓰였다는 걸 알아주면 좋겠다. 전혀 응원이 안 됐다면, 뭐 미 안하다. 딴에 시도는 한 거다. 다음에 능력을 키워서 더 잘 응원하러 오겠다.

이왕 태어난 거, 이왕 살아가는 거, 각자 자신의 편이 돼줘야 하지 않 겠나. 나는 당신이 더 찰지게 자기 편이 되길, 더 꽉 차게 자기를 아껴 주길, 계속 응원할 거다. 나는 누가 힘내라고 하면 짜증 내는 사람이지 만, 그래도 당신에게 말하고 싶다. 힘내라고. 다른 데는 다 모르겠지만, 자기 편을 들어주는 일에만은 힘 좀 내라고. 오늘 하루, 지금 이 순간, 자기를 더 행복하게 해주자고. 행복한 자신으로 인해 주변이 피치 못 하게(?) 밝아지는 걸 구경 한번 해보자고.

지금, 여기. 우리 자신을 더 사랑하는 순간을 쌓아가길 바라며.
또 봐요! 멍멍!